个女无敌·真爱书

（日）林真理子/著

周黎薇/译

王健康　石观海　主编

漓江出版社

桂图登字：20-2003-126号

图书在版编目（CIP）数据

个女无敌·真爱书/（日）林真理子著；周黎薇译. —桂林：漓江出版社，2008.1
ISBN 978-7-5407-4455-7

Ⅰ.个… Ⅱ.①林… ②周… Ⅲ.随笔—作品集—日本—现代 Ⅳ.I313.65

中国版本图书馆CIP数据核字（2008）第001653号

By Mariko Hayashi. All rights reserved.
Chinese（in simplified character only）translation rights arranged with Mariko
Hayashi，Japan through 林真理子事物所in 2003.

个女无敌·真爱书

著 作 者 〔日〕林真理子
译 者 周黎薇
主 编 王健康 石观海
责任编辑 刘萍萍
美术编辑 徐新宇
责任监印 唐慧群

出 版 人 杜 森
出版发行 漓江出版社
社 址 广西桂林市安新南区356号
邮 编 541002
发行电话 0773-3896171 010-85893190
传 真 0773-3896172 010-85800274
邮购热线 0773-3896171
电子信箱 ljcbs@163.com
http://www.Lijiang-pub.com
印 制 中国农业出版社印刷厂
开 本 880×1060 1/24
印 张 7.5
字 数 123千字
版 次 2008年7月第1版
印 次 2008年7月第1次印刷
印 数 1—8 000册
书 号 ISBN 978-7-5407-4455-7
定 价 20.00元

目录

译者序

　　刚刚接受了出版社的委托，翻译林真理子的随笔集，我便因工作调动举家搬到日本大阪。来到大阪的第二天晚上，无意中打开电视，发现NHK电视台正在播放根据林真理子原著《读书的女人》改编的电视连续剧，我不禁又惊又喜，迫不及待地着手翻译起林真理子的这本随笔来。

　　这本书共有四十七篇，每篇的篇幅不长，字数均在两千左右，都是作者近几年来在日本著名杂志《文艺春秋》上连载发表的文章。内容涉及面很广，但每篇的共同之处可以归纳为四个字——妙趣横生。

　　每当夜深人静，我伏案翻译时，常常会因文章的幽默调侃而忍俊不禁。林少华老师在介绍村上春树的作品时就曾经谈到日本人的幽默感稍有不足，而像林真理子这样风趣幽默的日本女作家更不多见，为此我感到十分欣慰。

　　随着一篇篇文章变成中文，作者的形象也越来越清晰。她异常肥胖，虽然读完全书也不知道作者的体重到底是多少，但从蒙古译员将她和相扑运动员相提并论来看，也就可想而知了。

　　作者不仅肥胖，而且贪吃。吃起寿司来其量之大，让男士们也咋舌。

　　林真理子从小学习并不优秀，操持家务更是外行，论长相与美女

无缘，论年龄青春已逝。就是这么一位如果身穿便装在超市购物时和普通家庭主妇毫无二致的胖大嫂，身上却蕴藏着巨大的能量，大脑里饱含着超人的智慧。她可以同时在数家杂志上连载文章，而且篇篇好评如潮。不但写文章畅销，而且自己动手画插图，她既是作家，又能唱歌剧，还兼做美食评论。

作者从小生在乡下，三十六岁结婚，四十出头生女，身边的美男子、好男人成群，他们宠她，捧她，称她为圣母玛利亚。

正因为她不是美女，所以她吸引异性的不是脸蛋，而是头脑。她与男士们玩智慧游戏，不受情感的迷惑，所以比一般女人对男女之情看得更清楚，写得更透彻。

本书告诉读者，为什么好男人会娶恶女子，如何减轻失去父母的痛苦等等。

她的文章乍看起来，下笔似乎离题千里，但结尾之时，必有画龙点睛之处。既出乎意料，又在常理之中。文章时而阳春白雪，时而下里巴人，却无说教之嫌。要来"俗"的，能用得分寸适度，要说"艳"的，更是把握得恰到火候。

作者出道以来虽获奖无数，在日本文学史上占有一席之地，但却从不自称"文学家"。在书中勇于自嘲，毫不美化自己。作者高人一筹之处在于，她不是为了搞笑而逗乐，而是真正的寓教于乐。读完全书，你会了解林真理子创作的艰辛和她的人生哲学，你最大的收获将是明白灰姑娘成功的秘密。

2007年10月

致中国读者

中国朋友们，你们好。应该说我们不是初次相识，因为我早已有几部作品译成了中文。

前两天，我出席书店的作者签名仪式，读者的队列中有位中国的留学生。据说是在中国国内读了我的作品。

我登上文坛二十年，现在被称为日本非常有声望的作家之一。我给女性杂志写随笔，也写历史小说，还经常客座周刊、月刊杂志的各种对谈。恐怕还没有如此多方位活跃的作家，这是我所自负的。

希望你们能通过我的作品接触今天的日本。在我的随笔等当中，会有些难懂的固有名词之类，可以问一问周围的日本人。人们认为我的随笔有点过于直率。恭谨的中国读者，尤其是女性会如何理解我的作品，我有点担心，也觉得很有乐趣。

林真理子

Chapter 1 ____ 我酷爱的麻婆豆腐

同名人

星期天早晨，我躺在床上睡懒觉，只听见丈夫在隔壁房间叫道："快过来一下，快来看啊！"

"和歌山的那对夫妇终于给逮住了。哎，你看他老婆，名字和体形都和你挺像的！"

我赶紧起身看电视，果不其然，只见"林真"二字映入眼帘。四个字的名字，竟有俩字与我相同，真吓了我一跳。

电视播音员正在说："林嫌犯夫妇……""林嫌疑犯……"这种只说姓不道名的叫法，真叫人不舒服。第二天，所有的媒体铺天盖地全是这对夫妻的事。桌子上的报纸被杂志遮住一半，露出来的大标题恰恰又是"林真"二字。我开始心神不宁起来，虽说明知此人与我毫不相干。也许别人会认为我大惊小怪，可我就是觉得心里有点发慌。

前不久，还曝出了有关林叶直子的丑闻。我仔细看了那些报道，没什么大不了的，只是她的名字和我从字面上看很接近。

"林叶直子，全裸惊艳。"

"林叶直子，已无卖点。"

每当这种标题出现在女性周刊上，总觉得是在说自己似的。不过容易如此联想的，好像还不仅仅是我一个人。林叶失踪那天，一位经常在电视上露面的公众人物在接受采访时一口一个"林女士"。我

丈夫说，每当他看到有关林叶的大标题，心里也会咯噔一下，担心自己老婆又出事了。

其实，我的名字和"林真须美"只不过两个字相同，而世上和她同名同姓的人恐怕不少吧。不知这些人看到上面的电视报道会作何感想。

我有一位叫A子的亲戚，和十几年前一个故意把车翻进大海谋杀丈夫的罪犯同名同姓，一字不差。A子性格十分开朗，我想借此和她开个玩笑，以为应该不会介意，谁知她也是满脸的不高兴。看来谁也不愿意和罪犯同名同姓，况且杀夫这种事更让人忌讳。

人的名字并非是由自己选择的，除非成人后自己改名。一般说来，人都是一出生就被父母或者某人起好了名。随着时间的流逝，人们都会对自己的名字产生感情。现在越来越多的女人结婚之后也不愿改姓了。我也很喜欢自己的名字。前不久我还向住在乡下的母亲打听过自己名字的由来。

"我想给你起一个明快的名字，当时邮局有位漂亮姑娘叫真理子，我想如果你能像那位小姐那样该多好……"说起来也没有什么特别的理由。不过我的名字，无论是从笔画看，还是根据算命先生的说法，都有少见的好运。前不久，一位专门研究姓名学的先生送我一本书，在三十三画人名中有我的名字，并注明：三十三画为大吉，对女人来说是不可多得的好运笔画。

我知道有一位歌剧演员也叫"林真理子"，照这本书上如此解释，和我同名同姓的她，是否命运也与我相同呢？还有一位住在加拿大，也叫"林真理子"的女士，上个月给我来了一封信。她说，她和一位加拿大人结了婚，从事不动产工作。从信中我可以感到，她是一位热情洋溢的女性。三十三画，好运随身的"林真理子"不可能不幸福，我心中暗想。

除了名字，我还对和我生日相同的人也感兴趣。男士们可能还不知道，有专门介绍生日的书。从1月1日到12月31日，不同的生日被编成各种小册子，内容都是算卦的。

我买了一本《4月1日出生者必读》，其中列举的4月1日出生的名人，除我以外，还有巨人队的棒球投手桑田真澄。从那以后，我就想当然地觉得自己和桑田有心灵感应。他手部受伤时，我还真为他担心呢。书里说，4月1日出生的人"开朗、上进"，我常暗自猜测，桑田就是这样的人吧。

前几天，回了趟老家，大家聚在一起，说起各自的生日来。

我说："幸亏我晚一天出生，就晚上学一年，测智商时，生日小的人绝对沾光。所以我学习不怎么样，智商却一直很高，真赚了。"

堂姐突然说道："我记得真理子是3月28日出生的。"

堂姐住在我家隔壁，从小一起长大，就和亲姐妹一样，我想她不会说谎。我很吃惊，我一直以为我是4月1日出生的呢！以前也曾经问过父母。

我质问母亲："妈，我是4月1日生的吧？你以前不是告诉我，为了让我早上学，故意让我早点生下来的吗？"

"好像有那么回事，过去的事我也记不太清了。"

"婶婶，我记得很清楚，真理子就是3月28日出生的。"

我简直不敢相信，到了这把年龄才弄明白自己的确切生日。那我的命运又该如何呢？这岂不是对生日手册的一种嘲弄？迄今为止我所做过的命运预测难道都与自己毫不相干？

经过这次打击后，我的心思开始转到其他事情。但偶尔也会想到，3月28日出生的人，是否也会和我走着相同的人生之路呢？

祸从口出

今天一睁眼就开始忙，慌慌张张地吃了两口早饭，因为马上要去拍照，又赶紧冲凉、洗头。一番梳洗后，头发半湿不干，然后直奔舞台，是现今模特儿们的时尚。

来到摄影室后，我赶紧从好多件礼服中挑选出一件，然后由专业化妆师给我化妆。这种事情偶尔来一次真是让人很开心。自己仿佛变成了女明星，工作人员都围着我，说着一些奉承话，自我感觉好极了。

再说今天给我化妆的，是松田圣子的专职化妆师。此人的确出手不凡，将我的眉毛漂亮地修剪成15度后，脸形马上就时尚起来。一次成像的照片出来一看，靓丽得连自己都不敢认了。我准备将这张照片带回家，放在丈夫桌上，再加上旁白："美女欢迎丈夫回家。"

人逢喜事精神爽，今天之所以一大早赶来拍照，是为了做宣传画册，因为我当选了今年的"钻石明星"。这项活动是由世界钻石宣传中心举办的，由宝石业内人士及媒体相关人员投票选出当年最活跃女士，誉为"钻石明星"。去年的"钻石明星"是黑木瞳，前年是草刈民代。光从这些当选者你就不难看出，"钻石明星"是何种档次及取向了。虽说这事从自己嘴里说出来有点难为情，但我想今年之所以选我为"钻石明星"，并非因为我高龄妊娠，而是我作为一名女作家，多年来不断努力，取得了不俗的成绩。

奖品除了奖杯外，还有一条专为我定制的价值一千万日元的钻石项链，我今天就是戴着这条项链来拍画册的。高档钻石的光泽就是不同寻常，美丽无比。不过以前听人说，钻石项链戴久了会很累，今天我戴了两小时后，果然筋疲力尽，以至于下午还午睡了一会儿。

为了这次授奖，世界钻石协会的一位高官特地从伦敦赶来，按照惯例，他要与受奖者做一期谈话节目。谈话地点上个月就定好了。但我有个毛病，遇到这种场合就有点儿怯场，常常会说出一些言不由衷的客套话。这位高官是个真正的英国绅士，一边和我握手，一边向我当选表示祝贺。

我一阵忐忑不安，心里想，他一定非常失望，去年的当选者黑木瞳那么美丽，今年却来了个胖大嫂。我低声说道："对不起，去年的女演员那么光彩夺目，今年却来了个我这样的中年妇女。"

"哪里，哪里！"他很夸张地把头摇得像拨浪鼓似的。

按我的经验，一般情况下对方都会接着来一句："你也很有魅力呀！"

我正等着他这句话呢，谁知这位老先生竟说道："以前贵国的相扑运动员也当选过钻石明星呢。"

这个奖项五年以前一直是每年男女各评一人，大概是七八年前吧，相扑大关贵乃花的确得过钻石明星奖。看来贵乃花给这位绅士留下了深刻印象，以至于偏偏拿贵乃花跟我相提并论。我和朋友们谈起此事时，大家都很同情我，纷纷表示："这位老先生真不会说话啊！"

还有一件事也让我耿耿于怀，今年春天，我去蒙古旅行了一趟。我从没骑过马，很想试一下。出发前丈夫再三叮嘱我："千万别骑马，别人会指责你虐待动物的。"

当时我比现在还重好几公斤，的确有些胖。在蒙古大草原上，我把丈夫的话告诉了女翻译，没想到她也说："没关系，没关系。前不久，还有一位相扑运动员来骑过马呢。"

当时旁边的人听了都直摇头："唉，真不会打比方啊！"

我想想也真有点生气，为什么不管是英国人还是蒙古人，他们的思维方式都如此相同？

我这个人嘴比较甜，因为我很容易被别人无心的话语所伤害，所以我特别留意别人的自尊心。当然对于我所讨厌的人则另当别论。

如果有人抱怨："唉，我的学历仅仅是个高中毕业。"

我会接上一句："如今这个年头，那些三流大学的毕业生还不如高中毕业生呢。"

如果有个女人感叹道："年龄不饶人啊！"

我会鼓励道："你看上去很年轻啊！我周围那些四五十岁的女人都活得很潇洒呀！"

不过，就是再小心，还是有得罪人的时候。

几年前，我曾在一篇文章中写道："有些人当了政治家，连长相都变得难看了。比如鸠山由纪夫。"

其实当时由纪夫，还不是广为人知的政治家。

后来一个偶然的机会见到了由纪夫先生，他笑着说："林先生在文章中说我长得像一个坏人呢。"

"对不起，我把您和邦夫先生搞混了。"①

我立刻诚恳地道歉，但话却圆得并不巧妙。唉，真是"祸从口出"啊！

① 邦夫先生为由纪夫先生的兄弟。

温泉论坛

最近，我经历了一次横贯九州的长途旅行。这是因为参加文艺春秋出版社主办的一次文化讲演会，我们去了趟长崎和佐世保。

当时商量讲演会地点时，我也没征求他人的意见就直接提议："最好能去个气候暖和的地方，而且还能品尝到当地的美味佳肴……"

没想到主办方真的按照我的要求，将会议地点定在了长崎。

提起长崎那可真是著名的美食城。八宝菜、西式蛋糕，还有那数不清的山珍海味。

佐世保也不逊色，以前去"森林之家"旅行时，朋友就带我去过一家餐馆，一进门就看见一大排煲锅，活鱼在大玻璃缸中欢快地畅游。

在佐世保和文艺春秋杂志社的同仁们分手后，我一个人又去了大分县的直入村。

去年我去由布院温泉旅行，龟井庄的中井经理曾向我发出邀请："明年10月我们这里有个'温泉世界文化会议'，您挺喜欢温泉，也经常过来，能否作为嘉宾参加会议？"

我一听是能享受泡温泉的美差，便欣然同意。

那天温泉町的两个小伙子特意开车来佐世保接我。途中我打开地图查看才知道，从佐世保到直入，从西向东，横穿整个九州北部。沿途层峦叠翠，光开车就花了3个多小时。

好不容易从由布院路口下了高速，又上了盘山公路。过了一山又一山，心中竟产生了一丝莫名的不安来。说老实话，直入这个地方，我以前从未听说过。后来才知道，很久以前它就是个温泉疗养村。既没有火车站，也没有24小时便利店，连公路上的信号灯也是最近才安上的。但出人意料的是，就是这么一个小小的村落，竟和德国有如此频繁的交流，还跟德国某个城镇缔结了友好关系。最令人吃惊的是这里还有一个德国村呢。

从由布院开车约40分钟，出现了一个小村庄。村子里有个体育馆，旁边有些像是用彩色积木搭建的房屋，原来这就是德国村。是直入乡政府出资修建的一些德式住宅，然后以每月3万日元的租金提供给村民居住。这种策划真是别具一格，让外地人惊诧不已。

温泉论坛就设在体育馆内，与会者不少，一个人口仅3千人的乡镇能召开如此规模的国际会议，真不简单。特邀嘉宾除我之外，还有由布温泉观光协会的中谷会长。由布院今天之所以能成为著名的旅游胜地，中谷会长功不可没。国外嘉宾有来自德国巴登市的女市长，捷克卡尔比巴利市的温泉总经理。会场内配有同声翻译，体育馆周围设置了不少临时商店，论坛非常国际化。

但是，论坛上嘉宾的观点并不一致。

德国的市长认为：

"为了让温泉镇更加国际化，应该增设爵士音乐节呀，定期举办音乐会，吸引更多游客。"

但中谷会长并不同意这种观点：

"温泉重在静静的享受，它和其他行业不同，并不需要喧哗，也不需要人多势众。"

我基本上同意中谷会长的意见。不过通过辩论，我明白了日本人和欧美人对温泉的看法是如此相异，这倒让人觉得挺有意思。

会议结束后，我们又去参观了一家刚开张的温泉馆。这家温泉设施齐全，内有大浴池、桑拿、休息室等等。只要交500日元（村民仅300日元），就可享受半天。交2000日元，还可以享受单间的家庭浴室。还有面向河流的半地下室的露天浴池，浸泡在绿荫环绕的温泉之中，那种感觉美妙极了。据说这家温泉是一位很著名的建筑师设计的。

有的单间墙上贴着瓷砖风俗画，稍有一点艳俗。"在这种场合，配上这种情调的画面，还挺不错的……"我对此稍加赞许，但同行的一位女士却面呈难色。

晚上，我们和下榻旅店的老板及当地陶艺家们共进晚餐。大分县的许多旅馆格调都很高，外观朴素，散落在乡间。我们就餐的这家旅馆饭菜很可口，有自制的火腿，新鲜的沙拉，还有鲑鱼生鱼片等等。

这家旅馆的老板才41岁，原来是位橄榄球运动员。我们边吃边听他聊自己的身世，他自称学历很低，但他却经营着这样的一家旅馆，我觉得这个题材不错，听得津津有味。

有人说温泉能够吸掉人体内的精力，好像还真是这么一回事。这趟旅行我在长崎、佐世保时，除了演讲外，都呆在房间里，收发传真，不停地工作，连格拉巴殿、"森林之家"都没空去游览。但不知何故，精力充沛的我一到温泉，顿感浑身无力，吃了几片在小卖部买的煎饼后，马上就得躺下休息。

论坛结束后，我基本上什么事也没干，除了泡温泉就是听老板讲身世。

不过中谷会长告诉我："人睡觉时也在做深呼吸，吐故纳新。看

上去是在休息，实际上是在养精蓄锐。温泉就是休养的最佳场所。"

此行增加了我对温泉的理解，可谓受益匪浅。我想回东京后，把这些知识运用到日常生活中去。

生猛海鲜

星期六下午，邮局给我家送来一个特快专递纸箱。

打开一看，里面有新鲜的大米、小沙丁鱼干、干海带、板栗等。

我想起来了，前不久去佐世保讲演旅行时，接待方建议我们一定要去逛逛当地的早市。但我爱睡懒觉，早上起不来，其他女编辑比我年轻，早上5点钟就去赶早市了，回来后告诉我："我们给你家也发去了一箱土特产。"

我怀着感激的心情，把食物一一从箱子里拿出来。其中有一种其他地方买不到的鱼粉汤料，放在面条里鲜美无比。

我正考虑将板栗放在新米中焖一锅饭，没想到门铃又响了，邮局又送来一个小纸箱。

对了，今天早上一位熟人来电话，嘱咐我不要外出。"我给你寄去了一些龙虾，请尝尝鲜。"

龙虾可是难得的好东西，我最爱吃。我喜出望外，连声道谢。对方末了还加上一句："你最好准备一副手套，这些虾全是活的，扎手。"

一听这话，我心情有点沉重起来。我这个人最不擅长做海鲜，就连水煮蛤蜊都不会。偶尔想吃煮蛤蜊，便去超市买回一袋，将小盆里灌满水，撒上盐，把蛤蜊倒进去。我家一般都用过滤水，日晒盐，蛤蜊被倒进去后好像特别高兴，悠然自得，似乎在说："多谢多谢！

我们在超市里可憋坏了，您可真是个好心人呀！"

待到做饭时，就得把蛤蜊倒进锅里，这个时候我是绝对不敢揭锅盖看的。不过，仍然能听见锅里轻轻的声响，好像蛤蜊临死前都在喊："你真坏，你真坏！"

我从小就爱看童话书，会把所有动物都想象成人一样。到了现在这个年龄，对蛤蜊贝壳之类还是很有感情，总觉得这些小生物会说话。一想到要把活蹦乱跳的它们做熟，心里总是很害怕。只要是活鱼，哪怕是一条小沙丁鱼，我都对付不了，更别说龙虾了。

考虑再三，我想到可以把龙虾送人，但又怕辜负了朋友的一番心意——"这些龙虾，都是我为你挑的最好的。"所以不吃怎么能行呢。

邮局送来的纸箱就这么一直放在地上，一想到里面藏着活龙虾，我心里就发毛。今天是星期六休息，要不干脆和丈夫下馆子算了，可以再约上住在附近的A氏。

突然，脑海里闪过一个念头，我一拍手："有了，请A氏代劳做晚餐吧。"

A氏在烹调方面比厨师还内行，不管是法国大餐，还是怀石料理都很拿手。

我们边吃午饭边聊，最后决定晚餐搞个家庭聚餐会。菜谱就是栗子饭、火锅、龙虾，顺便又邀请了我的一位朋友小B。

A氏的公寓离我家约5分钟距离，傍晚，我捧着大纸箱去A氏家。途中龙虾一动不动，我想放了一天没管，大概已经死了吧。

等到A氏亲手打开箱子，他大声惊叫："啊，全都活着呢！"

我凑过去一看，这些龙虾比我想象的还要大得多。

"是生吃好，还是油焖好呢？"

小B说："我看用水煮煮，蘸佐料也一定好吃。"

"佐料得讲究点才行。"

"OK，切点香菜，我来配中餐佐料吧。"

A氏在厨房里说道："先烧水吧。"

眼见着他拿出了大锅，我的心怦怦直跳。龙虾的大限已到。

不知为何，我忽然想起几年前美国动物保护协会的抗议，抗议中餐馆将活螃蟹、活虾直接下锅的事来。当时也有人反驳，说甲壳类生物是没有感觉的。到底谁对谁错呢？

"要下锅了。"A氏就像电视实况转播一样在厨房比画着。说时迟那时快，只听厨房里一阵大乱，原来龙虾们一个鱼儿打挺，全都从锅里跳出来，在地板上打着滚。

我强忍着没让自己尖叫出来。今晚肯定要做噩梦了，龙虾会来纠缠我的。我自己也搞不懂，为什么我吃起牛排来毫无顾忌，对贝类、甲壳类却这么心软？难道我是由贝壳转世而来的吗？不是有部电影就叫"我想变成一只贝壳"……正在胡思乱想时，热气腾腾的龙虾已经端上来了。

"这些家伙，在锅里拼命扑腾，把脚全都折腾掉了。"

对不起，你们一定很难受。但看来肯定味道不错，一口咬下去，龙虾肉果然鲜美无比，再配上香菜佐料，真是味道好极了。还有虾脑做的酱汤，细腻又甘美。只是，唉，人类为什么这么残忍啊！心里越是忐忑不安，嘴上却越是觉得可口。我这个看童话书长大的人，真是做起来嫌麻烦，吃起来却十分贪婪。

吃罢，我不禁合掌内疚起来。

娘家的收藏箱

去山梨县办事，顺便回了趟娘家。

明年，山梨县文学馆要办一个山梨县的女作家文学展，主办方要求我把小时候的照片和作文等个人资料都送过去。

我小学时代的那些图画和作文什么的，母亲都为我收藏在一个纸箱里。打开一看，我自己都有些吃惊，里面竟然还有我自己设计封面的诗歌集，有小学三年级写的剧本等等。以前我一直觉得自己小时候是个极其普通的女孩子，现在看来我之所以能从事写作，与我少女时代的兴趣是有紧密关联的。

但有些东西却让我十分难为情，就拿小学、中学的学生手册来说吧，我记得当年的学习成绩都应该是中上等的，想不到手册上记载的全是3分4分，甚至还有几个2分（体育课）。而且老师的评语上还写着："上课时经常做些小动作。"我脸红了，觉得老师评语说的好像不应该是我似的。这些东西绝对不能作为展品拿到文学展上给参观者看。

父亲却不同意我的看法，说："看到像你这样当年成绩不好的孩子，只要努力也能成功，许多人都会受到鼓舞的。你不应该将这些资料藏起来。"

"这可不是开玩笑，这些资料一旦公开，会直接影响到我的形象。"

我继续翻箱倒柜，希望能找出一些拿得出手的材料来，却毫无收获。无意中翻出一张健康证，上面的体重真够吓人的，我这才知道，我在中学时代就已经胖得不行了。唉，这张健康证也得藏起来。

最叫我难以相信的是，竟然找出了不少小时候的照片，张张都是那么可爱：穿着妈妈亲手缝制的连衣裙，还有邻居裁缝专门为我做的漂亮衣服，白袜子配着贝雷帽，天真地笑着。我大约小学六年级时就已经长到160厘米，穿着灯笼裤，两条长腿也很漂亮。如果能保持住这种长势，我在乡下也称得上是"青春美少女"了。遗憾的是一上中学，我突然开始变丑了。就算当时妈妈顾不上打扮我，我自己也到了应该讲究外表的年龄，但我却整天穿着脏兮兮的校服，头发乱蓬蓬，全身上下胖乎乎的，满脸挂着青春期特有的那种茫然。

初中时照过一张照片，头发用皮筋扎了个刷子。当时我是单眼皮，让脂肪坠成了个吊三角眼。我还拿着这张照片四处给人看："你看你看，这样子是不是挺吓人的？"

有位朋友曾经叹息道："一般人照了这样的相片，恨不得马上烧掉，哪有像林真理子这样拿出来四处炫耀的。"

现在看着这张照片，我感到黯然神伤。女孩子那种萎靡不振的状态，一清二楚地写在我的脸上。我真不明白，为什么一上了中学，我会突然变得那么消沉？是家庭原因，还是受人欺负造成的？

小时候那么可爱的一个小女孩，为什么一跨进青春期就会变得如此黯淡无光呢？看着自己初中时代的可怜相，我眼泪都快掉出来了。

到了高中情况开始好转，老师同学们都对我不错，说我这个人很有趣，我脸上的表情也日渐开朗起来。但体形还是那么胖，体重就像误入歧途一样一发不可收。

我记得当时经常埋怨父母："我小时候那么漂亮，怎么一上中学

就突然变丑了？都怪你们不关心我。"

母亲从来不理会我的牢骚，偶尔会说上几句："有些大户人家的小姐，小时候不讨人喜欢，长大后却越来越漂亮，真是不可思议。"

我也发现，我认识的一家有钱人家的小姐，最近越长越像她母亲，真不知道究竟是什么因素在起作用。

我小声嘟囔："就是嘛，家庭环境很重要。我上中学时，爸妈老吵架，家庭气氛一点也不和谐，所以我也越变越丑了。"

记得小时候，周围的人都说我酷似父亲，性格也是乐天派，马大哈型。母亲那种办事一丝不苟的基因直到最近才开始发挥作用。

"上中学时，爸爸的遗传基因太强了，受其影响，我也变得邋里邋遢，一点也不招男孩子喜欢，我花了很长时间才恢复了形象。"

这时母亲总是训斥道："性格像你父亲，有什么不好的？你遇事不气馁，整天乐呵呵的，就爱自我陶醉，这不都是得益于你父亲吗？"

也许妈妈说得没错，翻了大半天儿时的照片，沉醉于回忆自己的成长经历，这难道不正是一种自我陶醉？好久没有这样沉浸于往事了，我这种自我迷恋的人应该不太多了吧。也许这就是我走上写作道路的原因？大概只有打开娘家的收藏箱，才会想到这些。

泡沫情侣

美国著名的本垒打球星索萨来日参加日美棒球大赛，他身边带着一位金发美女，据说是他妻子。这位多米尼加共和国籍的棒球选手和他的美女形影不离，使美女的一头金发和白皙的皮肤格外显眼。

看见这两人后，脑子里冒出一个久违的词——"奖杯太太"。大约七八年前看过一本书，说美国离婚很普遍，成功男士人到中年往往要换妻子，要重新选择一个与自己目前社会地位和经济收入般配、美貌且有教养的女人为伴。所谓"奖杯太太"，就是指这类新妻，被视为对成功男士的一种奖赏。

索萨还很年轻，估计是初婚，用"奖杯太太"这个词恐怕不太合适。但他娇美动人的白人妻子，必定是他成功后得到的最高奖赏。而我却瞎操心，祈祷他俩能白头到老，至少不要在几年后看到诸如"分手后，妻子要求索萨支付10亿日元的精神赔偿费"之类的报道。

我之所以有如此不必要的担心，主要是因为玛丽娜、松方弘树这些名人最近接二连三地闹离婚。

要论知名度，松方要比玛丽娜大得多。但我总觉得玛丽娜夫妇的婚姻更浮躁，情节更戏剧化，所以我对玛氏离婚一事更关注。

说实话，我一开始就没看好玛丽娜的婚事。这并非说她性格如何，而是明星美女与财大气粗的房地产老板的阔少相配，总觉得哪里有点不对劲。

　　一般来讲人们都不大看好明星美女和富豪的婚姻，认为这种婚姻的目的过于露骨，这也许是出于嫉妒。但人们对某些女演员和导演的婚姻却抱有好感，例如电影导演筱田正浩和女演员岩下志麻的结合就显得很有理性。人们会认为："他俩通过工作认识的，互相都很了解，女方的人品一定很不错吧。"最近也有些女演员和电视制片人结婚，大家一般也都表示理解，不太说三道四，而且事实上这些人的婚姻也比较稳定。

　　我之所以对玛丽娜的离婚闹剧感兴趣，是因为眼下我正在报纸上连载有关泡沫时代的小说，主人公就是一位和年轻企业家离婚的女士。她丈夫被称为泡沫时代的宠儿，到处拈花惹草，令妻子苦恼不已。

　　当妻子质问丈夫，为什么绯闻不断时，丈夫答道："我从女人身上可以得到活力。"

　　我觉得她丈夫说的是大实话。看看我们周围，只要是精力旺盛，野心勃勃的男人，哪个不好色？这大概是雄性激素不断刺激的结果吧！另外，成功男士的择偶观大都很单一——年轻漂亮，可以炫耀，令人羡慕呀！这种男人既喜欢美女，又喜欢名人，所以女演员、女公众人物都成了他们追逐的猎物。

　　一提起"泡沫时代"这个词，我马上联想到一件往事。那是12年前了，一天我和一位女友在赤坂一家寿司店进餐，进来一个毫不起眼的男人，30多岁吧，后面跟着一位模特样的风情女子。这样的高级寿司店，连我这样的人都很少光顾，他倒好像常来常往，一进门二话不说，顺手将钥匙扔给柜台上的伙计。不用说那是一把大奔的车钥匙。伙计也不搭话，抬手接过钥匙，配合得真是默契。

　　那个男人看见我在里面，赶紧过来搭讪。我向来不愿跟生人说话，这种场合更是低调。但听完他自我介绍后，我的态度马上变了。原来他是一家名气很大的不动产公司的老板。当时我正想换房搬家，所以马上对他来了兴趣，和他愉快地交谈起来。

直到今天，一提起"泡沫时代"，我马上就想起那家寿司店，想起大奔车钥匙划出的抛物线。有点儿怀旧，也有点儿怅然。

现在看到报纸上有关玛丽娜的离婚报道，深切感受到泡沫时代终于结束了，穷奢极侈的人也到了算总账的时候了。

人们往往如此指责这样的夫妻：钱尽之时，也是缘断之日。

但我并不这样认为。我认为一个拼命赚钱、充满自信的男人就是有魅力，和这种人交谈，感觉就是不一样。

我很有自知之明，从不去傍大款，当然大款也不来找我。但是，如果我是一个有魅力的美女，一定会跳进那个灿烂夺目的泡沫漩涡中，结识泡沫中心的男士，这也是了解那个时代的最佳途径吧。可惜，我不是美女。

逛 京 都

前几天，和京都的一位茶室老板电话聊天，他说京都现在正是枫叶如火的时节。去年我和亲戚家的一个女孩子一起逛过京都，玩得很开心。最近要去神户办事，正好顺便再去京都赏赏红叶也不错。加上丈夫正在国外出差，我一个人去玩玩倒是无拘无束，只是当地要有人陪陪我就更好了……

我跟京都几位熟悉的男士打了个招呼，但他们那天都没空，不能陪我。其中一位男士建议："你不是挺欣赏小A吗？约约他怎样？"

小A出身京都名门，不但有贵族风度、举止得体，而且谈吐幽默，甚至可以出任京都的形象大使，不久前我还和他一起去听过歌剧呢。我觉得和小A在东京见见面倒也无妨，可如果让他在京都陪我观光，恐怕就太占用他的时间了。

我答道："我可不好意思打电话给他，他太忙了。"

"没关系，打电话问问他有没有空嘛。"

我还是没给小A打电话。两天后，朋友又来电话，说："真是说曹操曹操到。小A现在正在我家，你和他说几句吧。"

电话里传来小A那柔和的京都方言。俗话说，关东大汉难过京都女人关，我看倒过来说也一样。多年以来，我一见到讲京都话的男士就犯迷糊。

"喂，喂，是真理子吗？听说你要来京都，太好了。那天晚上我没应酬，陪你出去逛逛。"

电话随后被小B抢去。小B是歌舞伎剧团的一位新秀，正在京都拍剧照，我们曾经见过一面，他说那天晚上也和我们一起活动。最后，一位没见过面的男士也在电话中说要一起活动，据说是大阪一家公司的老板，年纪不大，还是一位帆船爱好者。

放下电话，我竟然有些激动起来。三位年轻潇洒的男士，还有茶室老板都在京都等着我，看来我还挺有男人缘的。我一直以为，作为女人，自己已是"人老珠黄不值钱"了，看来还没老到那种地步，我又恢复了自信。

那天在神户办完事，傍晚我去了京都。从大阪车站下来一位身着漂亮和服的女人，仔细一看是歌舞伎演员的夫人，以前见过几次面也算认识，我赶紧主动打招呼。她说马上要在南座剧场举行年终公演，想提前到各处拜访一下。闻听此言，我似乎也感觉到了京都的岁末气氛。

晚饭是和茶室老板两人在京都一家料理店吃的。据当地人介绍，这家餐馆是京都最正宗的，餐具很讲究，每道菜都十分可口，最难忘的是烤松蘑。最近一段时间开心事不多，我每天憋在家里工作，人都有点萎靡不振了。到京都来玩上一夜，散散心真痛快。晚饭过后，我们在茶室等小A。不久，他从另一场晚宴上急急忙忙赶来了。

他身着一身合体的灰色西装，依旧十分潇洒，我们将聊天地点转移到二楼雅座。接着进来几位年轻艺伎。京都人和东京人不一样，哪怕几个人小聚也要叫艺伎来陪。而在东京，在什么场合叫什么样的艺伎来陪，是很讲究的。京都则不同，随时都可以叫。有两位年轻的艺伎陪着闲聊，气氛既随意又轻松。

不一会儿，喜好帆船运动的年轻老板，拍完剧照的小B陆续到

了，一个比一个帅，聚在一起真是气派。遗憾的是我这种人不谙风流，在这种场合，一走嘴就会说些不合时宜的话。

"哎，听说松方弘树的情妇在这一带做过女招待呀。"

"她肯定还隐居在这附近的什么地方吧？"

这次我来京都之前，正好碰到柴门冬美，她委托我帮忙打听一下松方的情妇最近的情况。结果茶室老板和艺伎都什么也不说，京都做服务这行的人嘴都很紧。一看问不出个名堂来，我又说："那明天我自己去一趟松方家看看，柴门嘱咐我一定帮她打听打听。"

听我这么一说，茶室老板有点埋怨道："你说什么呀，松方家可远了，光开车都要半天。"

聊了一会儿后，我们又转移到上七轩另一家茶室去了。这家店二楼是卡拉OK，我们一到，这条街上的舞伎、艺伎聚来不少，热闹非凡。小A的英文歌唱得棒极了，小B的演唱更是了不得，他还专门为我演唱了《月下法善寺的小路》。小B是歌舞伎的专业演员，演唱起来声情并茂，让人感觉不花钱白听都有点儿坐不住了。

"哎，杂志上说你订婚后，宫泽理惠难过得连饭都吃不下了，真的吗？"

我又问了一个不该问的问题，让小B十分尴尬。

最后我也拿起麦克风唱了起来，唱着唱着竟走了调。看来卡拉OK这玩意儿，时间久了不唱，声音就会锈死。时间久了不玩，玩的感觉也找不到了，看来光工作是不行的。我下决心今后要多花点时间娱乐，年底再来一趟京都，专程来看歌舞伎的年终演出。

我家的餐桌

每年一到秋天，各地的朋友都会给我寄来各种时令食品。今年也不例外，昨天上午刚收到一个表妹从她青森县娘家寄来的一箱大苹果，下午山形县的一位朋友又邮来一箱洋梨，今天早上山梨县的一位朋友又寄来一大箱柿子。

柿子这种水果十分有趣。从一个人对柿子的喜爱程度可以推断出这个人的出生地。我在乡下长大，一直觉得柿子是一种不值钱的水果。在我家乡，几乎每家院子里都有柿子树。小孩子因偷摘柿子而遭大人斥责，早已是陈年旧事。在我小时候，就已经对树上的柿子看都懒得看上一眼了，充其量只有乌鸦来啄食一下。每年秋天，因无人收摘，只得听凭熟透了的柿子吧嗒吧嗒落在地上。

所以要是有人想送一些柿子给我们家乡那儿长大的人，往往会被当即谢绝。

如果有人问我："你不稀罕柿子吧？"

我马上点头称是："对，有时到高档日本料理店去吃饭，如果最后端上来的果盘是柿子，我一看就生气，心想为什么不上哈密瓜呢？"

但对于东京长大的人来说，则完全不同。我老公就最喜欢吃柿子，饭后如果上柿子，他总是连连称好，最少要吃两个。如果送给东京人四五个柿子，他们一般都会很高兴。

乡下人也有例外，我家秘书畠山小姐虽说在乡下长大，但很喜欢吃柿子。一打听，原来她老家秋田县没有柿子树，柿子很金贵。我真有点搞不清，不知该从何处划个界线，往北一些地区就再也见不到柿子树了。

上个月，新潟县的一位酿酒厂老板给我寄来许多新产的大米，我和他十年前只有一面之交，但那以后每年他都要给我寄些大米和新酿的酒来，我则会寄给他一些山梨县产的桃子。

这位老板寄来的大米是专门为自家种的，味道特别好，每次煮饭时都香气扑鼻。收到新大米的一个月里，我经常做饭团子，带给同事们尝尝鲜。大家都说从没吃过这么好的大米，这可比送面包要让人高兴多了。

还是上个月，又有人给我送来一大麻袋土豆。如果光靠我和老公两人吃，两个冬天也吃不完。我就整天做土豆，什么炖土豆呀，咖喱土豆呀，最好吃的是煎土豆饼。我从不打怵做饭，先往锅里放四五个土豆用水煮，一边看书、写稿子。然后照着菜谱，用元葱炒些肉末，再浇上炼乳，和煮土豆一起做成饼，用油一煎……

听我大谈煎土豆饼，《安安》杂志编辑铁尾先生就会说，让你讲得我口水都流出来了，最好请我吃一顿吧。

其他编辑和我关系还到不了这份儿上，但铁尾先生不同，他和我是十几年的老朋友了，被公认为是我身边的"美男子编辑一号"，今年38岁，未婚，各方面都符合我请客的条件。

我目前正在《安安》杂志上连载随笔，还自己动手画插图。铁尾先生经常到我家取稿，我们每周肯定要在一起吃一次饭，一般都是他请我吃意大利菜。这次我和他约定："我就用煎土豆饼回请你吧。"

那天上午10点多钟我就下厨了，煮了十几个土豆，做了一些我最爱喝的萝卜酱汤。还有鱼子酱、烤南瓜、前天在市场买的咸菜等等。

煮土豆的那阵工夫，我就赶写要交给铁尾先生的稿，哪怕迟交一会儿，他都会生气。

土豆煮好后，我就用饭勺开始捣碎。正好秋田县出身的秘书来玩，感叹道："您在家还会做这么费事的东西啊……"她说她刚结婚，每天都为晚饭发愁。

"我今天做得多，你也捎些回去当晚饭吧。"

她喜出望外。

中午12点，铁尾先生一到我们就开饭了。刚做好的土豆饼真是味道好极了，我一口气连吃三个。我还凉拌了一个卷心菜丝。

我告诉铁尾先生："这餐桌上的所有东西，都是朋友们从各地寄来的，土豆是A先生，鱼子酱是B先生，梅干是C先生……"满桌都是朋友盛情赠送的美食。

我可真正是一位厨艺高超的女人。可是，我周围的男士却全都希望和年轻漂亮的小姐结婚，会不会做饭全然不在乎。因此，招待大家吃饭这种倒霉事就只能落在我头上。

菅委员长的外遇

最近，整个日本都因菅委员长的绯闻闹得沸沸扬扬，不管什么杂志都登满了与此相关的文章。

如果有人问我的看法，我以为像菅委员长这种级别的男士，有几个情人是很正常的事。

看看我周围，很一般的编辑都公开带着情人东走西逛。而有些年轻的男作家，甚至要求出版社将他们的情人当作"准夫人"对待。"文人无行"，对编辑或作家的生活作风问题，人们一般不太在意。但菅委员长则不同，他可是当总理的最佳人选啊。

我对男同事说："他可真笨，一点儿也不会为自己辩解。"

他们听了就火："哼，那你说他应该怎样解释才好？"

"他平时是个正人君子，出了这种事，当然要被别人指责。他不那样辩解怎么办？"

我觉得此言有理，菅委员长绝对不可能像松方弘树那样，在记者采访时，一边抓耳挠腮一边说："呀，我从小就是调皮蛋，所以……"

我记得有一位著名作家在随笔中写到，男人在调情时万一被别人抓住，必须立马否认。打个比方说，如果某个男士光着身子躺在床上，身边有女人陪伴时被人逮住，必须斩钉截铁地说："今天我有点不舒服，请个护士来照顾一下。"

你如果没有这点儿应变能力，就没有拈花惹草的资格。

我有位女友，为了抓住她丈夫外遇的证据，一直跟踪到饭店的房间门前，她把耳朵贴在门上听了半天，听见那女人说："哇，真漂亮！我就想要这种款式，谢谢。"

听动静，好像是她丈夫送给那女人时装，女的正在试穿。我朋友鼓足勇气，用力敲门。也不知是她运气好，还是不好，她丈夫刚刚打过电话，让服务员送东西，所以问也不问就把门打开了。

她赶紧伸进一只脚，以防门被关上，然后伸头一看，只见丈夫身穿浴衣，一个年轻女人穿了件还带着标签的新衣。

她不禁火冒三丈，厉声问道："这是怎么回事？"

而她的丈夫却毫不打怵，镇静地答道："这位顾客买了我公司的服装（她丈夫是时装公司的），我让她试穿一下，提提意见。"

听我讲到这里，我的男同事们都佩服得五体投地，据说很少有人反应如此之快。

反应迟钝的人也不是没有借口，最常见的是"她是向我来咨询某事的"。根据写真周刊杂志的调查，这个借口的使用率最高。男女双方的年龄差距越大，此借口的出现率也越高。

"她和她男朋友闹了点小矛盾，跟我商量该怎么办呢。"

说句话强调自己是年长者，是值得姑娘们信赖的人。哎，拈花惹草还得如此编造借口，累不累呀！但有些男士却不辞辛苦就愿意干这种事，认为只有这样生活才丰富多彩，才有了写小说编故事的素材。

但我的一些女朋友却认为：

"昔委员长可是栽在女人手上的典型例子，女人决不能惹上那种便宜货。"

　　通过大家的一番议论，我才知道，女人们对那些从事传媒工作的二流女人特别苛刻。她们认为这些人动机不纯，当初进入传媒界就是想来捞好处的。

　　如果菅委员长交往的那个姑娘，是和安藤伏子小姐一样出色的播音员，人们的态度肯定大相径庭。

　　"她只不过上过几次BS国际台而已，还自称是干播音员的。"

　　朋友们都瞧不起那个女孩子。

　　而我对这个女孩子却深表同情。我常想，如果我当年不走运，没有那么多人提携的话，我至今可能还是一个二流撰稿人，即使进了出版社工作，也可能还是个不吃香的自由撰稿人，肯定比现在还不讨人喜欢。

　　我常对年轻的女孩子说："对坐在办公室的白领女士来说，不分一流二流三流，但对刚进入传媒这个圈子的女性来说，是有等级划分的。如果一个女孩子抱有太高的奢望进入这个特别的行当，压力会很大的。"

　　有时候，我在外讲演时，在遇到的一些自由主持人自由撰稿人中，确有一些令人讨厌的女性。这些人固执己见，咄咄逼人，令人很不舒服。我不是歧视这些人，但她们和大出版社的女编辑完全不在一个档次上。虽然大出版社也有不少普通的女性，但和那些浮躁的人相比，她们要稳重得多，感情也含蓄得多。

　　我对那些不走运的个体撰稿人真的很同情。十年前，我和她们一样不走运。要想在传媒圈里混下去，真的不容易。但许多人仍然抱着幻想闯入这个世界。

　　我不太了解与菅委员长交往的那个女孩子，但对《周刊文春》

杂志对她进行的人身攻击却非常反感。特地出个专辑，这不是把人往死里整吗！要想出人头地，就得打一场艰苦的持久战。对于打拼中的女孩子们，理应宽容一点才是。

女儿像娘

今天是个风和日丽的星期天，我去神奈川县礼堂听歌剧了。

我的好朋友，版画家山本容子女士负责该歌剧的舞台及服装设计。坦率地讲，对这出新歌剧，我听不太懂，有四分之一时间我都在打瞌睡。只有容子女士设计的富有亚洲特色的服装很讨人喜爱，给我留下了极深的印象。

听完歌剧，我们七八个熟人一起去中华街吃饭。

我们去吃中餐，大家围着一张圆桌坐下，中泽新一先生在我的对面，好久没见面了，他盯着我的脸说：

"真理子，你长得越来越像你母亲了……"

很多人不知道，我和中泽先生是山梨县老乡，家住得很近，我和他从小就认识，中泽先生常说我和他是青梅竹马。

中泽先生的家是一座豪宅，他是战前大地主家的少爷。一般来讲，在乡下这种大户人家的少爷都很聪明，中泽先生亦不例外，从小就眉清目秀，在左邻右舍中享有"秀才"之美名。

中泽先生比我年长三岁，小学、中学都是我的校友。像我这种学习成绩平平的人，对于他只有佩服和仰望的份儿。听说他有时也到我家来买书，母亲每次都感叹地说：

"中泽家的新一君，就是与众不同，来买的书和一般孩子都不一样。"

中泽先生一路顺风，考入东京大学，后来还去过西藏，成了著名的宗教研究者，并取得了不俗的成就，准确地讲，我是长大成人后，才和中泽先生来往的。

　　顺便提一下，岩波书店最近发行的《日本社会历史》这本名著，就是由中泽先生的姨父、神奈川大学的纲野善彦先生编写的。我就纳闷，姨父和外甥也没有血缘关系，为什么优秀人才都扎堆出现呢⋯⋯

　　开场白扯得太长了，让我们回到正题。中泽先生打小就认识我母亲，所以他的话可信程度很高。不要以为我听了这话会很高兴，如果自己的母亲不是美女西施，恐怕一般人并不希望别人说自己像母亲，而是认为：

　　"我应该比母亲更漂亮才对。"

　　当女儿长大懂事了，一般来讲母亲也就不年轻了。尤其母亲生我时已经不年轻了，所以我从小就觉得母亲特别严厉。一般来讲，人到中年，跟母亲的交流才会多起来。而这时候已经不会再用美丽或女人的魅力这些字眼来评判母亲了。但无论如何，女儿像娘这种宿命似乎是无法逃脱的。有趣的是，有的女孩儿小时候很像父亲，但到了中年，相貌和举止都会变得更像母亲。

　　小时候，我有些事情常常想不通：

　　"某某邻居家的小姐长得那么漂亮可爱，可为什么她们的妈妈却那么难看呢？"

　　小时候我有一个好朋友，就叫她C小姐。她的妈妈在酒店工作，会抽烟。当时在乡镇，女人抽烟特别扎眼。她妈妈的嘴是三角形，特别难看。我当时甚至怀疑她不是她妈妈亲生的。

　　但是前不久我回了趟老家，在超市突然有人跟我打招呼："真理

子，好久不见了，看样子你过得不错啊。"

当时，我以为自己碰到了几十年没见面的C的母亲了。只见她身穿针织衫，脚蹬一双女招待员的拖鞋。嘴唇和过去一样呈三角形。但一说话，才知道原来她竟是C小姐本人。过去那个清纯少女已消失得无影无踪，眼前的她完全是一副乡下大嫂的粗俗打扮，跟她母亲以前的样子丝毫不差。我简直不敢相信自己的眼睛，那个可爱的少女，经过几十年的蜕变，已经和她母亲融为一体了。女人都是这样殊途同归吗？我不禁感慨万分。

我猜想，或许是因为C长年住在乡下，和她母亲接触过多才会出现这种情况。像我这样早年进城，经常做美容，还享受各种消费的人，能否避免这种命运呢。

而中泽先生却断言："不可能，你长得跟我记忆中的你母亲一模一样。"

我从小对母亲既尊重又害怕，如今有人说我和母亲长得一个模样，那么是不是我也会变得很严厉呢。

围着饭桌大家七嘴八舌，最后话题全集中在哪家的母女像，哪家不像上来了。

"A家的姑娘长得真漂亮啊，可她和她母亲一点也不像。"

"她可是混血儿，混血儿不属于今天的讨论范围，这种人比较特殊，一般都很漂亮。"

从那以后，我很留意观察被公认为美女的那些朋友们的母亲。

我朋友们的母亲，年纪小的也有60多岁了，一般都在70岁以上。她们都很注意保养，有几位确实漂亮。但不管怎样看，毕竟还是老太婆。观察到这些，我觉得释然了。每个人的归属都是相同的，无论你怎样努力，青春也难以留住，还不如安心等待。当有人说你的相貌开始像母亲了，也就是告诉你，人生的步伐应该悠着点。

老后的担心

自从结婚成家后，每年一到岁末，朋友们就会给我家寄来许多鲜货。前天京都的"美食家俱乐部"的朋友用冷冻邮包寄来"美味油炸豆腐"和咸菜。同一天，四国又寄来酒糟加吉鱼，北海道的好友寄来咸鳕鱼子。

昨天，《安安》杂志社的铁尾先生又准时来取稿了。我留他在家吃了顿午饭，做了个京都豆腐，配点小咸菜。还有咸鳕鱼子、酒糟加吉鱼。用剩下的新潟大米焖了一锅饭。他长期在外吃饭，从来不自己开伙，所以对我家的饭菜赞不绝口。吃完饭后，他高高兴兴地走了。

三天前的星期六，北海道的另一位朋友寄来一条刚捕到的大马哈鱼。我让畠山小姐带回家一些，鱼太大，丈夫在国外出差一下子又回不来，我一个人吃不了，冰箱里装满了这些生鲜食品，门都快关不上了。

我只好打电话请几位要好的女朋友来，搞个家庭聚会。

我做了一个火锅，里面放了不少青菜。新鲜的烤鳗鱼做的盖浇饭，再加上智利产的红葡萄酒，还有朋友寄来的草莓、洋梨做的甜点，大家肚子都快撑破了。

有女朋友真好！吃完饭大家分工，有的帮忙洗碗，有的把剩饭剩菜打包带回家，多亏大家来饱餐一顿，我家冰箱总算有点空地方了。

　　饭后，大家一边喝茶一边闲聊。聊着聊着，话题就集中到小森阿姨身上了。

　　众所周知，前不久，淀川长治先生去世了。连我们这代人都那么悲痛，年长者就更别提了。在电视转播的追悼会上，看到小森阿姨时，女人们都目不转睛了。

　　小森阿姨直到不久前还非常健康，我还与她一起刚参加了一个杂志社主办的座谈会呢。她那与众不同的发型，紧身裤卡在腰上，特别合体。

　　她生性自由奔放。离婚后，不断追求新的恋情，并向人介绍她的人生哲学。听说菊池宽等不少名人对年轻时的小森阿姨喜爱有加，给她不少关照。

　　小森阿姨确实妩媚迷人，无论风传她年轻时有过什么风流韵事人们都会相信。她从来都是性感十足，看到她就会明白，女人即使过了七十岁，只要有工作，照样可以青春常驻。但是，时隔几日，电视上出现的小森阿姨竟坐在轮椅上，双眼呆滞。

　　据说，我的一位独身女友看了这个镜头后，晚上辗转难眠。

　　她痛苦地质问自己：

　　"小森阿姨是个有钱的名人，走不动了还有人帮着推轮椅。我只不过是个办公室的女职员，老了谁会来给我推轮椅啊。"

　　"想想自己年老之后独身一人，坐着轮椅也无处可去，万一生活不能自理了，多可怕呀！"

　　其实同样的话，我在别处也听到过。只是这次小森阿姨在电视上出现了与以往不同的形象，给独身女人们的心理造成极大的打击。

　　有的朋友则说：

　　"在当今世上，有丈夫、孩子也靠不住呀！上了年纪，结婚也好，独身也好，都一个样。大家都在同一条起跑线上。"

　　我赞同这位朋友的意见。最理想的是，上了年纪仍然很漂亮，打扮也很时尚，自己还有自己的兴趣爱好，别人都还很羡慕自己的生活方式，突然某一天猝死在床上。

　　但这是不可能的。看来只有从现在起存点钱，到老时尽量不要给别人添麻烦。世上有很多事是毫无办法的，包括生老病死。也许年老后生活不能自理，很早就痴呆了。这些事现在担心也是白搭。

　　"到了年底，能像今天这样，大家健健康康地聚集在一起，有好吃的，好喝的，友人团聚，就心满意足了。"

　　前不久，聚餐时要是有人说这话，大家都会点头称是。但近来气氛有点不一样了，大概大家都觉得自己人到中年了。

　　吃火锅那天晚上，有位朋友提到一位富婆的名字：

　　"她那个人，那么多财产将来不知怎么办，钱也不能带到坟墓里去。"

　　"是啊，要是能给我们赞助些钱就好了。"

　　大家出了不少主意，有人说，几十年后，可以将富婆的豪宅改建成我们专用的敬老院，敬老院的老太太们都是很有个性的人，所以必须住单间。改建费就让富婆出算了。最好还修一个大会议室，在单间里呆闷了，就到大会议室里聊天，谈谈自己年轻时的恋爱经历。如果其中有谁痴呆了，大家就凑钱雇个人来照顾。

　　我觉得这个主意不错，于是代表大家给这位富婆的朋友挂了个电话，话还没说完，就被对方拒绝了。

　　我忍不住问她：

　　"你也是独身，你看到小森阿姨目前的状况，有何感想？"

　　"可怜不可怜，那是旁观者的想法。一般来说，为自己年老以后

担心的人，都是些不求进取，对自己没有信心的女人，只要平时多注意身体，多存点钱，就可以把危险系数降到最低点。"

我听她说得如此自信，暗下决心，年老以后就指望这个人了。

年末追星

一九九八年底，我决定和漫画家柴门冬美女士一起去京都观赏歌舞伎的公演。柴门和我是非常要好的朋友，经常结伴外出。她可是真正的贤妻良母，从来不把自己当作名人、有钱人看待。

"你这么有钱完全可以随便花嘛。"

我总想把她往歧路上引。

"你又年轻又漂亮，为什么老待在家里？"

记得几年前有一次我俩一块去京都办事，她和我商量："我要参加一位朋友的婚礼，想买一套和服。"

看她打算花钱买东西了，我特别高兴。马上把她带到我常去的一家和服店，给她推荐了一款我想都不敢想的昂贵的和服，结果她不但买了那件和服，连腰带也买了。我站在旁边看她付钱，心里觉得真痛快。

我企盼柴门从今以后购物欲会一发不可收，但事与愿违，她和我不一样，是个很有理智的人，那次买过和服后，又恢复了普通人的生活。

这次我们去短途旅行前，她也是提条件的："必须等孩子期末考试结束后才能去。"

在新干线上我们又聊开了。

"真理子，你看到万里子了？"

　　最近几个星期，柴门和我都很关注松方弘树离婚的事。前不久，我碰见松方的老情人千叶玛丽亚，那可是一个有主见的女人啊！将来说不定可以当绯闻评论家了。我和柴门更想见松方的新情人山本万里子。万里子昨天和今天终于打破沉默，在综合电视节目上露面了。

　　我和柴门兴奋不已，大谈万里子的事。

　　柴门问我："哎，万里子最后说，她很想对松方弘树说一声'加油啊！'不知道是什么意思？"

　　我答道："我想，松方弘树掌握了仁科明子的许多弱点，准备互相揭短，万里子知道这一点，所以让他加油，但又不明说是什么意思。"

　　话还没聊完，就到京都车站了。谁要是听了我们在车上的闲聊，准以为我们是家庭主妇呢。下车后在去出租车乘车点的途中，一辆黑车司机主动上来拉客："要是观光的话，我的车又便宜又好。"

　　我们经常来京都，但这种事还是第一次遇到。

　　"看来我们真像两个结伴出游的家庭主妇了。"

　　柴门抿着嘴一个劲偷偷地笑。

　　不过这趟旅行，倒真的和工作无关，纯粹是为了观光。我还特地从《妇女杂志》上将京都特辑这一页剪下来带着。在出租车上，我们商量："柴门，听说这家店的盖浇饭很不错，连中午都要排队呢。"

　　"现在已经下午一点多，不用排队了吧。"

　　我把地图递给司机，让他把我们带到那家店去了。小店不宽敞，桌子紧挨着。坐在我们前面的一位漂亮女子，身穿高级锦缎服装，一看就是烟花巷的女人。在等盖浇饭的工夫，柴门掏出导游图来，她喜欢庭院、佛像，建议饭后去这附近的高台寺逛逛。

刚才那位漂亮女子大概听见我们的谈话了，等我们出门时，她特意站在门口等我们，很详细地告诉了我们去高台寺的路线。

虽然枫叶已经凋谢了，但冬天的高台寺仍然很美。我俩围着池塘散步，话题又扯到玛丽亚身上了。

"也不知最后精神赔偿到底给了多少？"

信步走进寺院的大殿，迎面安放着丰臣秀吉及夫人的坐像，我俩不约而同地说道："还是元配夫人厉害啊！"

当天晚上，我俩约了花见小路咖啡店的公子，三人一起去一家餐厅吃了晚饭，然后直奔歌舞练场附近的咖啡一条街去了。看南座剧场的年终演出是明晚的事。今晚的目的地就是这里。

上个月来京都时，我才听说日本最有名的艺伎佳乃小姐自己开店了。很早以前，也是我和柴门来京都时，走在路上碰到过一回佳乃小姐，她从我们身边擦肩而过，事后令我们兴奋不已："终于亲眼见到佳乃小姐了。"

当时柴门还在我的连载随笔中，用插图描绘了那天晚上的情景。

今晚我们就要面对面拜访佳乃小姐了，柴门准备好了照相机。

"我想带回去给老公看。"

听说她丈夫弘兼宪史先生特别崇拜佳乃小姐，前不久连续漫画集里的京都艺伎就是以佳乃为原型创作的。

佳乃小姐开的那家店，是将咖啡屋改建成的酒吧。酒吧实行会员制，因为带我们来的那位公子和佳乃小姐是好友，我们才得以进去。

近距离接触佳乃小姐才知道什么叫美女。如白瓷一般的皮肤，水灵灵的眼睛，高雅的姿态，迷倒所有日本男人的京腔。像我这样的女人真是相形见绌。

柴门从小包中取出照相机问道："可以合影留念吗？"

"嗯，和你们合影没问题。"

公子在一旁惊呆了。

这次来京都，应改为"年末追星"，而不是"年末出游"。

新年伊始

各位新年好！在新的一年里仍请多关照。

从上星期起，每天都必须写这些话，人都搞糊涂了，哪篇文章应该登在哪本杂志上都分不清了。结果在新年期刊上发表了《年末追星》，我尽干这种砸锅的事。

今年元旦，我家因年前老人去世，丧期未过，所以很低调。新年菜肴也没做，也没买，桌子上就摆了几块鱼糕加一点黑豆。也没有外出拜年，收到的贺年片也很少。再加上还有点感冒，整个新年期间，我一直闲呆在家里，躺在床上看看书，我家两只肥猫，也跳上床来。

这两只肥猫最近也不走运，从今年夏天起，猫就有点口臭。我本想找大夫看看，但我认识的兽医离我家很远，拖着一直没去。到了十二月，眼看拖不下去了，只好请大夫看了看，诊断为严重的牙周炎，把公猫的牙还拔了两颗。大夫还说我家猫的肝脏也不太好，两只猫的饮食都需要控制。从那以后，我把猫吃的罐头换成低热量的，看样子不合口味，猫一口都不吃。我去问兽医怎么办，他说：

"你家猫太胖了，两三天不吃东西也没事。"

看来还真是这么回事，我本以为猫会闹事的，但饿了之后，它们反而讨好巴结我。

但是，为了给这两只猫治病，花费真不少。光住一天院就用了十

43

万日元。医疗保险也不管用，价钱真够吓人的。

我对猫抱怨说：

"本来到了年底开销就大，你们这两个家伙又让我额外多花钱。"

猫好像听懂了我的话，也觉得对不起我似的，竟然调动自身力量，干了一件令人想不到的事来。

从医院出院的第二天，广告代理店来了电话：

"想用您家猫做个去虱子的广告……"

出场费一年签约一百万日元。这简直像电视剧中才有的事。

我高兴地对猫说道：

"小家伙，自己的医疗费还得靠自己去赚呀！"

到昨天为止，我一看见这两只猫，就为那十万日元住院费发牢骚，现在一听要拍广告了，马上又宠爱起它们来。

拍广告那天，畠山小姐作为猫的经纪人也一起去了。据说现场气氛很热闹。

两天后，广告商又来了个电话，说广告主搞错了，以为我家猫是一对可爱的小猫，但看了照片才知道是一对中年肥猫，形象不太合适。

好不容易来了个发财的事，又要化为泡影了。我家猫也真倒霉，又拔牙，又减肥，刚要签合同又取消了，新年伊始不顺呀。

我整天呆在家里，光吃冰箱里的剩东西，脸也有点浮肿了，表情也僵硬了。这样下去可不行。休假结束前，我去美容店做了做发型，又去逛了下商店，买了几件降价的毛衣。

当天晚上，我还有个应酬。一位特富有的老先生举办迎新会，邀请我参加。地点是超豪华酒店，那种场合，不用心打扮一番是不便去的。

44

我担心迟到，早早就出了门，结果提前二十分钟到达。

我一个人在宴会厅等着。新年的宴会厅布置得十分讲究。用红白年糕摆出好看的图案，壁龛上还装嵌着蓬莱仙境。

不久，客人们都到齐了，开始上茶。餐具上都覆盖着一张剪纸，中间还有一个"吉"字，客人们可以拿回家做纪念。

客人中还有不少新桥的艺人。有两位头戴假发，身穿和服的艺人，给我们表演了新年喜庆的舞蹈。有的读者可能想不起来了，两年前的《周刊文春》新年号上，有我的一张大照片。我身穿和服，装扮成艺人在客厅里跳舞，旁边的题字是"新春初梦"。现在想想那张照片真是贻笑大方了。今天看到真正的艺人在新年时的装扮，那才是既美丽又庄重。艺人们手持纸扇，站在烫金的屏风前，真是集日本传统美之大成。两侧伴奏的艺人，也个个如花似玉。

如今世上一片萧条，这儿却像另一个世界，穷奢极欲。

宴会结束后，我们又到另一个沙龙欣赏了弦乐音乐会。听众连我在内才四人。桌上放着打开的香槟。我忍不住向老先生问了一个我一直想问的问题：

"您这么有钱，与您接触的人大概都是冲着您的钱来的，您不讨厌吗？"

老人答道：

"即使是因为我有钱才和我来往，我也高兴。"

我深为感动，多么宽厚的胸襟，多么仁慈。

近来媒体上尽是一些不景气的丧气话，所以新年伊始，我给大家介绍一下有钱老人的逸事，希望今年有个好彩头。

"俗"之我见

前不久和丈夫一起去东京体育馆听了"世界三大男高音"的音乐会。

平时我丈夫对古典音乐毫无兴趣,但对"世界三大男高音"则另当别论。两年前,我们在国立体育场听过一次,现场带给人的震撼,至今仍记忆犹新。

这次音乐会在室内举行,场地小一些,所以听得格外真切。对三位歌唱家的声音也能做个比较。虽然都是男高音,但卡雷拉斯的声音稍低一点,沉稳些,很容易分辨出来。我不太懂音乐,以前常将帕瓦罗蒂和多明戈的声音搞混。这一次才听明白,两人声音差异很大。

论声音,帕瓦罗蒂的声音非常有品位,豁达。多明戈的声音则带有磁性。有人将他的声音比喻为"天鹅绒般的柔软",甜美得要命,对听觉是一种刺激。这并不是说多明戈的声音没有品位,而是在这种对感官的刺激中,使人感受到一种意大利餐馆里年轻吉他手的"俗"气。

也许有人会生气,认为我对如此著名的歌唱家不恭。其实"俗"并不等于"不好"。像多明戈这种到达音乐巅峰的人,在自己的歌声中撒一点"俗"的胡椒粉,反而更能抓住女人们的心。

从多明戈扯到日本上来吧,我常常听到有些作家将自己称为"文学家"，对此我深感难为情。特别是那些没有什么了不起作品的年轻人，总想组织一些社团，什么"反对某某文学家之会""声援某某文学家之会"等等。

他们有时也来约我参加，我总是一口回绝："我可称不上是文学家。"

我觉得在日本能称为文学家的，仅是大江健三郎这样几个极少数的人，为什么一些三四十岁的作家都想自称为"文学家"，我百思不得其解。

我也不想当什么文学家，反而以能写出幽默调侃通俗的文章为荣。我也不打算去讨好读者，只是有意在文章中尽量增加一些通俗而不是庸俗的东西进去。

听完"世界三大男高音"音乐会后，我激情倍增，决心今年大干一场，力争出版一本最畅销的书。

时隔数日，妇女杂志社的一位编辑来我家商量工作，突然问道："林老师，您知道登在《唐桑康》杂志上的K氏两姐妹吗？"

"不知道。我不看《唐桑康》，那种杂志和我生活的世界反差太大了。"

"但您应该了解一下K氏姐妹，林老师，如今杂志进入'超级读者'时代了。"

从超级模特到超级读者，这种转变始于一些豪华妇女杂志封面起用非名人，然后在杂志中连载这些人的时装、家庭、摆设、交际关系等。也就是说封面上的照片人物是广大读者喜爱的"读者偶像"。

我认识的一位女孩子，是有钱人家的小姐。为了在法国高级时装店定做衣服，在巴黎住了一个月。不用说，这位小姐容貌出众。在翻阅妇女杂志时装介绍时，一般都会见到她。她常和一些名人照相，

照片上也不需注明她的身份，只要写上她的芳名便无人不晓，这就叫超级读者。

前面提到的那位编辑很快就把登有K氏姐妹的杂志送来了，真是不得了，非名人的照片竟然占用了4整页。杂志的大标题是"K氏姐妹一出场，咨询电话不断"。

"生活中的K氏姐妹，原汁原味，有问必答。"

依我看这些标题有点怪怪的，但编辑部和姐妹本人却是很认真的。

K氏姐妹如仙女下凡，照片上的姐妹身穿超短紧身裤，摆出一副照相的姿势。两位都是选美小姐，现在身份是"综合生活顾问"，工作就是每天晚上，穿不同的衣服，出席宴会、照相，然后登在杂志上的时装栏目上。让读者羡慕不已。（不知所花费用从何而来？）

杂志中还附有编辑致读者的一封信："K氏姐妹的身份为综合生活顾问大家可能觉得好笑，我们也是考虑再三，以前流行什么'料理研究家'、'少妇偶像'，现在流行'超级读者'，所以我们请来K氏姐妹。"

以前我对这种杂志都是敬而远之。从今年开始我也打算稍关注一下这类通俗期刊，说不定在什么栏目里会出现令人开心的报道。

我绝不是在讥笑嘲讽，弄清通俗流行的来龙去脉，对于我这种写幽默文章的人来说，也是一项重要工作，我真是这样想的。

我酷爱的麻婆豆腐

亲戚家有个女孩子，是坐办公室的白领，好久没来玩了。那天来我家，我顺便留她吃晚饭——牛肉火锅。

当时我正在减肥，晚饭一般是不吃什么东西的。我站在桌边，负责往火锅里添菜加肉，就像火锅城的服务员似的。

其实，那天晚上我只准备了老公一个人的饭菜，仅买了300克牛肉，当然一个人吃有点多，我原打算将剩火锅第二天打个鸡蛋当早餐呢。现在亲戚家孩子来了，两个人吃有点嫌少，我只好多放点青菜、大葱，好歹对付过去了。

吃晚饭后，她把电视调到富士台，要看9点的《超时》节目。该节目由黄金搭档江角小姐和反町君主持，特别受欢迎。

我一边沏茶，一边大声阻止道："等一下，我家星期一晚9点，要看东京台的节目。"

最近我和老公都迷上了《懒惰的厨师们》这个节目。

"没关系，明天我借朋友们的录像带看也行……"

大概她觉得吃了火锅欠我的情，所以马上把遥控器给我了。

有人可能没看过《懒惰的厨师们》这个节目，我简单地介绍一下。该节目是电视台为了帮助那些濒于倒闭、客源稀少的餐饮店而制作的。为了"修理"这些餐饮店的店长兼厨师，电视台安排他们去一些效益好的餐馆取经，重新装修门面，想尽各种办法让他们起

死回生。

从节目上看，这些厨师个个都是很不争气的样子，经营不可能出效益。例如，开意大利面馆的店长，每次做海鲜意大利面条时，都是当场将海鲜化冻放入面中，既不用鲜货，也不提前化冻。还有一个开面包房的老板，每天早上睡到9点才起床工作。今天上电视的是一家中餐馆的店长，连麻婆豆腐都做不好。竟然用辣油加酱油煮豆腐，我做的麻婆豆腐都比他做的好吃。

这些懒惰的厨师有一个共同的特点，满脸都是倦怠的表情。而修理他们的师傅，无论是表情，还是体态，和这些人完全不一样。这些人还有一个特点，就是没脾气。不管师傅们怎样训斥他们：

"你们这帮人到底是干什么的？"

"你们简直没有资格做饭！"

他们像受过训练的战士一样，大声回答："是，是。"

就这时显得特别有精神。我真闹不明白，这群又没有毅力，又没有热情的男人，为什么在挨训时，声音那么响亮，一定是从小就这么训练出来的。他们知道，在那种场合反抗是无济于事的，只能服从强者。等强者一走，马上恢复原状。

大家知道了，要想改造这帮懒人，让他们自尊、自强，变成优秀的厨师是件多么不容易的事。

这个节目的精彩之处就在于，这群没有用的男人，经过师傅们的敲打后，脱胎换骨，仅四天就大不一样了。也可能由于电视节目的影响力，营业额竟从原来一天两万日元一下子提高到几十万日元。电视节目的最后一个镜头是站在收银台前喜笑颜开的店老板夫妇。

我真的很纳闷，四天就可以改变的事，为什么这些人十年二十年一成不变呢？

上次电视中出现的一位面包房的店主，二十多年来，烤出来的面包，一直是既不蓬松又无光泽，看样子就很难吃，顾客寥寥无几。我真不明白二十年来，这家店是怎样坚持下来的。大概店长做面包的标准是"能填饱肚子就行"。为什么仅四天，他的思想就彻底转变了呢？讨厌做卫生，喜欢睡懒觉的毛病四天能改掉吗？

每个星期我看过《懒惰的厨师们》后，都要思索这个问题。有时我还到那些名师的餐馆去转转。但上次去的那家有名的中餐馆味道并不怎么样。

昨天我不甘心，又换了一家中餐馆，前天这家餐馆的厨师作为名师上电视示范，据说麻婆豆腐特别好吃。刚上了电视我就去品尝好像挺难为情的。不过这家店位于新宿街上，特别时尚，估计周围像我这样看这档节目的人不多，像我这样看了节目之后专程去吃麻婆豆腐的人应该是更少了。

我故意避开午餐高峰，下午一点半去的。结果出乎意料，麻婆豆腐竟卖完了。我只好要了一份四川炒面，低着头吃完面后悻悻而去。

接吻与烤红薯

我签约的好几个长期连载都相继结束，总算有了一点闲暇。

因此，白天我有时去看看电影，去美甲店修剪保养指甲，过了几天优哉游哉的生活。前几天，去看了一部反响很大的电影《最后的圣战》，听说圣子小姐在影片中扮演一个傻乎乎的日本妇女，我满怀兴趣地去看了，结果发现圣子小姐在影片中的镜头很少，也就是陨石坠落，纽约陷于一片恐慌时，圣子扮演一位观光游客的角色，对出租车司机大声命令：

"我要去买东西！"

我连圣子的脸都没看清楚，我周围的朋友们也说根本没察觉那个人是圣子扮演的。看样子圣子在电影中也就是一个临时演员。

这部电影我是故意找中午人少的时间去看的，没料到售票处前已排起了队。

广播里传出售票员的声音：

"排在前面的购票者，还有座位。"

一听此话，我干脆买了张对号入座的票，这对我来说是很少有的事。

经常有人批评我在用钱方面太大手大脚，但我对电影票却很吝啬，从来都舍不得买较贵的对号入座的电影票，这可能是由于我在学生时代经常看便宜电影习惯了的原因吧。

现在因为工作忙，又怕麻烦，已经远离了电影。但年轻时看电影的那种感受还记忆犹新。

如果买对号入座的票，就好像把看电影这种很普通的事搞得太正儿八经了，我不太喜欢。

但和年轻人混在一起，在第一排随便找个座位，我又不甘心。所以只好多花钱买了张对号入座的票。这种票的座位都在二楼。除我之外，都是成双成对的青年男女，我去时已经有五对左右了。

电影一结束，我想趁电梯不挤时赶快下楼，就很快离开座位站起来，转身发现后面的年轻情侣正在热烈接吻，我突然明白：

"对号入座还可以提供这种方便呀！"

这部电影很受欢迎，观众还比较多。平时不怎么样的影院，这二楼几乎空无一人，如果仅两个人坐在二楼欣赏谈情说爱的电影还真不错呢……我之所以对这种情形已见怪不怪，是因为我家住在神宫大道附近的原因。

大概从三四年前开始，年轻人就随意在外人前接吻了。我家附近就是神宫前六丁目十字路口，等信号时，年轻人接吻的频率非常高。

傍晚，我去商店街购物，手里提着刚买的萝卜、大葱，在我面前经常碰到男女青年追追打打，搂搂抱抱。据我观察，其中十几岁的孩子不多，多半是二十出头的男女青年，搂抱在一起，脸贴着脸走路。我可能是看惯了，既不吃惊，也不反感。但有一点我很讨厌，就是当接吻双方中男方是外国人（白种人）时，女孩子一定会满面得意地环视四周。

这种表情战后似乎一直没有改变，更自觉神气的是与白种女人接吻的小伙子。前几天，看到一个戴眼镜的学生模样的小青年和一个格调不高的褐色外国女子接吻，那表情简直像中了彩票一样。

　　我并不是一个狭隘的民族主义者，但看到这种光景多少还是有点失望。和白人接吻就那么值得炫耀吗？在众人面前干这种事就那么高兴吗？

　　要知道在我家附近有个无家可归的老人，每天都在看英文报纸呢。

　　这位流浪汉看上去非常有知识，每天看的报刊不是《日本经济》就是《英文日报》，更让人吃惊的是他装盥洗用具的袋子上，竟印有"讲谈社"的标志。这种袋子一般是出版社寄稿件或书籍时专用的塑料袋，属于非卖品。我知道不和出版社打交道的人是弄不到这种袋子的。

　　我一直猜想这位老人到底有些什么经历，最近天气转冷，老人看样子有点受不了了，用条脏毛巾挡在脸上，身上盖条破毛毯，每天傍晚都要步行到青山银行门前，活动活动身子取暖。

　　我一般每隔两天要去超市买趟东西，总能见到这位老人。看他冻成那样，真可怜。离他二十米处，经常有个卖烤红薯的小车，香气扑鼻，我问我老公：

　　"买个热红薯，装作不在意的样子递给老人，不知好不好？"

　　老公呵斥道：

　　"不行，不行，这种事干不得！"

　　"这种人自尊心可强了，不希望别人可怜他，会发火的。"

　　是啊，给老人钱，他可能会生气，但给他一个热红薯，他大概会笑纳吧……

　　比起那些在我眼前接吻的男女青年来，我更加关注这位流浪老人，胜于前者千百倍。

报　恩

周末，住在我家附近的朋友约我一起外出吃法国大餐。

我知道吃法国菜时对穿戴要求很高，很麻烦。而我最近平时一直穿毛衣，去还是不去呢？朋友见我犹豫不决，说道：

"没关系，那家法国餐馆没那么多讲究，穿毛衣也行。"

去了一看，果然店面不大，很平民化。饭店老板兼任厨师长，味道的确不错，而且价格很便宜。

朋友说道：

"林老师，我看了前不久您在随笔中提到《懒惰的厨师们》这个电视节目，我真想让这家店也上这个节目，帮我们宣传宣传。您看，厨师长是专门去法国培训回来的，做的饭菜也很正宗，价格也不贵，只是因为地段不好，客人很少。"

这家店距A车站十五分钟，离B车站步行十分钟。坐出租车去倒挺快，不过下车后还要进一条小胡同，确实不好找。

这天我和老公、朋友三人在原宿下电车后换乘出租，沿一条小路一直往前开，这种地方去一次还真记不住。

进去一看，除了我们三人外，客人全是男女情侣。

朋友大吃一惊。

"不可能啊，傍晚我打电话订餐时，店长说今晚预约的就我们三人。"

看来在我们预约后三小时内，又有不少人来订餐了。

在我身上经常发生这样的事。我信步走进一家商店，顾客除我之外别无他人，可转眼工夫，身后跟进一大堆顾客。有时我故意错开客流高峰时间，进一家拉面馆吃饭，马上又出现同样情况，甚至排起队来。前不久，我和同事到一个小城市去办事，下午三点，进了一家寿司屋，除我们之外，空无一人，我心想，这下能安安静静地吃顿饭了。可刚坐下，呼啦一下子闯进五六个老太太，就坐在我旁边的那张桌子，大声嚷嚷：

"饿死了，快给我们做寿司。"

我认识一位女老板，和我一样，她身上也具有这种神秘的吸引力。有一天我和她去京都办事，路过一家扇子店，只见里面一个客人也没有，就随便进去逛逛。刚进去一会儿，马上其他客人接踵而至，要知道这可不是什么比萨饼店、咖啡店，而仅是一家卖扇子的工艺品店呀。

我问她：

"哎，你发现没有，咱们只要一进没人的店，马上客人就拥进来了。"

她说她早就察觉到自己身上具有这种神奇的力量……

读到此，读者可能会以为我们在这里自我吹嘘这种超人的力量呢。

但我并不认为我出的书总是畅销，是源于我身上有什么聚集人气的力量。只不过我进入空店后，总出现上述奇妙的事情而已。

我听一位开餐馆的朋友说，在有些猫、狗身上也有这种不可思议的力量。有一天，他在外面捡到一只弃猫，因腿部受伤几乎不能行走了。他尽心地照顾这只猫，腿伤好了后，他决定收养这只猫。但全家人都反对，认为餐馆养动物不合适，没有办法，他只好让猫整天呆在收银台旁，没想到自家店突然顾客盈门，热闹起来。

他说：

"早就听说有招财进宝的猫，但我总觉得那种财神猫绝不是加工出来的装饰品，而是有些动物身上有种特殊的力量。"

听他这话，我联想到自家的猫来。几年前，有家杂志社主动和我联系，要为我和我家的猫算命。在整个日本，为动物算命的先生仅有一人，算命先生来到我家后，指着我家那只肥猫说：

"这只猫不可多得呀，是几万只猫中才仅有一只的福猫。你可得善待这只猫哟。"

是不是福猫我不知道，只知道这只猫胖得厉害，快五公斤了。每天晚上都趴在我被子上睡觉，沉甸甸的。有时还把被子坠下地，害得我感冒了好几次。但因为是福猫，所以我一直没将它从寝室撵出去。

我枕头边，另外还躺着一只母猫，懒态可掬。

我从心里认为，世界上再没有比我家更享福的猫了，饱食终日，一天大约有二十二小时躺在我那暖和的水床上，而家门外，总有几只饥寒交迫的野猫，我也尽量关照这些野猫，施舍食物。

我这个人的座右铭是"一分耕耘，一分收获"，只要付出就求回报，对动物也不例外。

我暗想：

"我家的福猫和外面的野猫，怎么没有一只对我报恩呢……"

例如，中个头彩呀，或者正要发生交通事故时，突然跳出一只猫来搭救我，等等。我有时也和朋友聊起这事，企盼有一天会发生这种戏剧性的事件。

在以前的文章中，我曾介绍过这位朋友，他是一位因公常驻外地的男士，再婚后又与妻子分居两地，很可怜。他宿舍门前每天都有两只狸子从附近山上下来讨食。他觉得这两只狸子很通人性，每次喂食时都要对狸子说：

"赶快报恩吧。"

结果有一天晚上，他梦见枕头边出现一位性感十足的菲律宾小姐，一个劲地约他出去玩，即使是做梦，他心里也明白，那个小姐一定是狸子变成的妖精，但还是不由得动心了。

我好久没有听说这么开心的事了。

初为人母

在我写这篇文章时，出生第六天的女儿正在病房我桌子旁边的小床上睡觉。

我第一次知道，新生婴儿就和机械装置的洋娃娃一样，每隔三小时，必定哭闹一下。只要你按时换尿布，喂奶，她就会继续酣睡。

只要掌握了这个规律，还是可以抽空写文章的。

我这次怀孕，一直不想让外界知道，但消息还是传开了，我只好尽量给读者一个印象，就是我这次怀孕是不经意怀上的。因此我给自己规定了两件事，其一是在连载随笔中，只字不提怀孕二字；其二是每天工作、生活一切照旧。现在既然孩子已顺利出生了，如果还是置之不理的话，恐怕对不起那些关心我的读者了。在此，我仅将自己怀孕生孩子的事作个简单的汇报，都是些极个人的平淡的琐事。

我怀孕生孩子这件事让许多人大吃一惊，听到最多的是：

"从来没想过你会要孩子。"

对这种说法我感到很意外。一般来说，从事我这种工作的人，往往胆子大，很另类。但我却比较保守。在我头脑中，一直认为结婚生孩子对女人来说是理所当然的事。所不同的是，我还要求自己工作也非常出色，鱼与熊掌兼得，所以总是忙得焦头烂额。

世上大致有两种人，一种对自己所拥有的现状非常满意，知足常

乐。另一种则反之。很明显我是属于后一种人。我经常找出自己美中不足的地方，羡慕别人，并为此烦恼。于是我很快发现自己最大的不足就是没有孩子。

在我的朋友圈里，有好几位女士明确表示自己不需要丈夫和孩子。可我压根就没这样想过，我渴望有一个体贴自己的好丈夫，活泼可爱的好孩子，事业成功，名利双收。最好还能美丽动人，恋爱也是轰轰烈烈充满激情的。我所追求的人生大概要被人笑话了，听起来就像"泡沫经济"的后遗症。但我仍要追求这些，至少我一直在朝这个方向努力。

人生一世，专事评论随笔，不求名不为利，做一个禁欲主义的苦行僧也不是不可能的。但写小说如同攀登高峰一般，越往上爬，越感到自己才疏学浅，甚至感到绝望。有时觉得手中的登山绳即将断裂，就要一落千丈，那时只能咬紧牙关，自己鼓励自己，哪怕再往上攀登五十厘米也行，我几乎一直在这种反复中前进。

我认为一个人如胸无大志，那就连小事也做不成。我常常自己给自己打气：必须要有远大理想。否则就会成为电视评论员戏称的"所谓的作家"了。我过去也是个马马虎虎，追求生活享乐的人。最近十五年来，性格逐渐变了，只要是自己想要的东西，就会不断努力去争取，不轻言放弃，我渐渐变成一个自强不息的人。想要孩子就是我新的追求。

我三十六岁才结婚，当时想马上要孩子的。我单身时定期去一位妇科大夫那里体检，比较熟，所以婚后继续去那位大夫处，又是吃药又是打针，可一直没怀上。大夫说最好再试一项高科技的疗程，当时我没同意。一方面是因为工作忙，另一方面也有点打怵接受正规的不孕症治疗。我担心像我这种性格的人，一旦开始做什么事情，

60

九头牛也拉不回，到那时就麻烦了。

我有好几位女友，毕业于一流大学，被人视为凤毛麟角。考大学也好，就职面试也好，留学也好，都是心想事成。她们信奉的人生哲学是"事在人为"，但唯有怀孕这件事，不管怎么努力都不见效，使她们深感人生的虚无飘渺。我虽然和她们不是一个档次的优秀人才，但只要努力，也常常心想事成。我希望怀孕这件事，也和别的事情一样，不会让我失望。

我向母亲表达了自己的愿望：

"无论如何想要个孩子。"

我记得母亲当时是这样回答我的：

"你不要太贪心了，你写了不少书，有那么多读者喜欢你，你还奢望什么？"

母亲四十岁生下我。我曾以母亲为原型，创作了《读书的女人》这部小说。母亲从小就梦想成为作家，战后为了生存，出售自己的旧书，不久开了一家书店。父亲入伍后下落不明，九年后才重返家园。在那之后才有了我。我成长为作家，最高兴的人恐怕就是母亲了。我和母亲之间，有着超乎一般母女的情结，我一直希望将这种情结传给下一代。母亲今年八十三岁了，过去那种敏锐、聪明的劲头已经衰退，但在我眼中，仍然是位严厉的妈妈。我想趁母亲健在时，生下自己的孩子，让她老人家也享受一下天伦之乐。但母亲却冷冷地说，这些事意义不大。

"你肩负着比做母亲更重要的使命，上天赐给你别人没有的机会，你应更加努力工作才行。"

不过，母亲好像还是读懂了我的意思，她最后说了句：

"怀孕这种事，急也没有用。"

从那以后，我就不太考虑生孩子的事了。不知不觉迎来了四十岁的生日。

这话从自己口中说出有点不好意思，我看上去比四十岁年轻得多。我很喜欢流行的服装，也爱化妆，又长期在《安安》这种受年轻人欢迎的杂志连载文章，所以广大读者将我的年龄大打折扣。生完孩子之后，不少读者来信说：

"林老师真有这么大年纪吗？我们一直以为您才三十几岁呢，真出乎意料。"

不管看上去多么年轻，对于曾想要孩子的我来说，四十这个数字还是很沉重的，警钟敲响了，女人一过四十，就不可能要孩子了。

在过生日的前几个月，我去百货大楼买新年用品。看看家里用的餐具都是些便宜货，今年豁出去，买一套高级的吧。我看中一套约十万日元的。

我自言自语道：

"贵是有点贵，不过可以用一辈子呢……"

话刚出口，我突感伤悲。自己是个没有孩子的女人，对于没有孩子的我来说，一辈子意味着什么呢？花十几万日元买的餐具在我之后，有谁使用呢？我死后，我的侄子呀，外甥呀，身边的人可能马上就把这些旧餐具扔了。我最喜欢的那些时装顷刻就会消失得无影无踪。

我活着时使用的东西，随着我的过世都将化为乌有。

就算我是上个世纪八十年代最有代表性的女性，在我死后我的名字也将从名人大字典中消失，我很在意这些事。出版社的有些编委和校对的老先生也指出我有点被害妄想的毛病。

这时我刚完成战前女作家真杉静枝的传记，眼前总是浮现她那没人参拜的墓碑，我的归宿大概和她差不多吧。我不可能在文学史呀、地方志上占有一席之地。我生前写过上百本书也没有用，人们转眼就会忘记我的，只要没孩子，就没有任何证据证明我曾经在这个世界上存在过……

三年前，就在我胡思乱想时，我偶然在一本妇女杂志上看到一篇文章，大标题是："世上没有不孕症"。上面介绍了一位著名的采用高科技治疗不孕症的大夫。我不由得动心了，我想依靠这位名医再次向不孕挑战。

当时我一点也没想到这位个体医生是那么热衷媒体，是个发言欲极旺盛的人物。如果当时我能预测到后来有关我的怀孕报道，无论如何我也不会去找这位医生的。

但当时我却义无反顾，马上开始行动了。

首先我给杂志社的熟人打电话打听出这位大夫的联系方法，并委托编辑部为我牵线搭桥，为我就医提供方便。（正因为如此，为了回报杂志社的关照，事后我仅接受了这一家杂志的采访。）

但治疗还牵扯到老公的问题。对一定年龄的妇女来说，因体检等原因对妇科大夫并不陌生。但男士却不一样了，光跨进妇科这道门槛就很抵触。老公很犟，说什么宁愿不要孩子也不去那种地方。

最后我哭着劝老公：

"到目前，凡是我想要的东西，经过努力，都梦想成真了。暂时实现不了的事，我总是拼命争取，这就是我的性格。对于我来说，不经过努力就放弃的话，比要我的命还难受。"

大约花了一年半的时间，老公总算勉强同意配合我治疗了。四十一岁后，我开始尝试高科技怀孕。

这件事我对外一直保密，治疗一般安排在上午进行，在很长一段

时间里，连我的秘书都没察觉到这件事。有时治疗安排在下午进行时，我就对秘书说：

"出去和朋友喝茶。"

秘书一般对我的日程了如指掌，所以总是追问：

"和谁一起喝茶，为什么这么忙还要出去应酬？"

我总是找借口搪塞过去。幸运的是，治疗时间还从没有和正式的谈话节目、讲演会采访等相冲突。而以前我总是像走钢丝似的，尽安排些冒险事。

更让人佩服的是我的体质，身体如此健康，让医生都惊讶。怀孕初期，因妊娠反应及媒体报道带给我的冲击，让我躺在床上睡了好几天。但很快就精神焕发了。每天照样在报纸上连载小说，工作一点也不耽误，还经常外出。和我一样高龄产妇的朋友都为我担心。但我跟没事人一样，血压、血糖都正常，也没有出现妊娠中毒症。孕期还坐了好几次飞机、新干线，还到很冷的地方出差，随便得很。不知为什么，我坚信：

"我的孩子决不会因为妈妈干这么点事就受不了的。"

由于我是从事自由职业，所以还是有很多便利条件。在家工作时，中午可以美美地睡上一觉，躺在床上照样可以看杂志，还能坚持接受中医治疗，最后终于生下一个健康的胖女孩。

现在每天生活中遇到的事都是新鲜的，但对于我这样的年龄和我这种性格的人来说，并不为每件事而感动。孕期中收到不少人好心好意寄来的《孕妇杂志》，我翻阅了一下，好像和我关系不大似的。有的文章说，每天都要和胎儿对话，我觉得很不习惯，一次也没讲过。刚开始写了两天孕妇日记，但对这种没稿费的文章，很快就搁笔了。就是现在有人称我为"母亲"、"妈妈"我仍觉得不顺耳。

听人说，在生孩子那一瞬间，及喂孩子第一口奶时，都感动得哭了，等我盼来这一天时，并非如此，只是听到孩子第一声啼哭时，心里一块石头落地了，眼圈红了一下。

写小说的人，一般都要超前把握人类的感情，发挥自己的想象力，不断在心中模拟各种场景，这也是职业病吧。回到现实生活中反而激动不起来。

靠写作吃饭的人，到了这把年龄才当上妈妈，有时我都觉得对不起女儿。又遇上不严守秘密的医生，对着媒体大讲特讲"独家快讯"，幸亏我委托妇女杂志发表声明，恳求公众尊重我孩子的隐私权，才总算使女儿来到世上免遭侵扰。面对女儿，我充满歉意，但我坚信我女儿今后一定会非常勇敢，任何难关都能跨越。

我生完孩子后，也不是每个人都向我表示祝贺的，有个别人光说我是经过治疗后怀孕的，想象成很低俗的事。还有的人在这方面也显得非常无知。

也有人在文章里流露："都那把年纪了，好事都占了，还要什么孩子嘛。"

当女儿不好好吃奶时，我就轻轻摁住女儿的头，说道："你别搞错了，我可不是那种年轻的，好说话的妈妈哟。你要听话呀，外面人言可畏啊。"

别人都以为我中年得女，一定会是溺爱孩子的母亲，但女儿好像明白我的心情一样，很乖，一点不费事。

刚出院时，丈夫常跟女儿开玩笑说："在婴儿室里还挺可爱的，怎么回家后越长越丑了。"

后来每个探望的人都说，女儿和丈夫长得一模一样，丈夫再也不随便说这种话了。丈夫每天从公司里下班回家后，就盯着睡梦中的

女儿的脸看，我心中也充满幸福。当然这种幸福仅限于家庭内部，不须对外张扬。

刚结婚时，有读者来信写道："你将来也会生儿育女吧，但我不希望你成为那种以儿女为中心的女人。"

这话一直藏在我心中。今后我会有更多的生活体验，我会让这些经验在身体中加工成熟，酝酿成美好的文章奉献给广大读者。

在抚养孩子的过程中，有许多有趣的事，但我不打算写育儿随笔之类的文章。我的理想是，在家享受育儿的快乐，在外一心一意干工作。

最后我对许多给我来信的，寄来护身符和滋补营养品的读者深表谢意，从下周开始，一如既往，我们在《今夜欢笑》中再见！

Chapter 2 _____ 春暖花开食欲旺

姑奶奶发火

刚收到杂志社寄来的《妇女周刊》,只见封面大标题赫然写道:"林真理子、小泽辽子两人大为不满"。

翻开一看,好像是说我们对富士电视台的女播音员中村江里子小姐与一位欧美男士之间的交往发牢骚。我虽然对别人的恋爱挺感兴趣,还喜欢说三道四,但仅限于和女友们打电话聊天,从未在公开场合发表过这类文章,而且中村小姐与欧美男士交往的事,我还是今天从《妇女周刊》上头一次看到。

我把这篇文章仔细读了一遍,才总算明白了我被牵连进去的原因。前不久,我写过一篇文章,其中谈到在等信号时接吻的男女青年,特别是其中一方是白人时,另一方一定会满脸得意。文章结尾处我的确写道:"和白人接吻就那么值得炫耀吗?"但我总觉得用这种间接推理法,把我这篇文章和中村小姐的恋情扯在一起,有点欺骗读者。

我确实不太喜欢在大马路上热吻的情侣,但对于中村这样有魅力的小姐和优秀的外国男士相恋既不吃惊也无意见。

看了这篇文章的人,肯定以为我是个多管闲事的姑奶奶了,真是冤枉。其实我为人很宽容……也罢,那我就在这里多说些褒奖之词吧。

最近我总盼望星期天的到来,因为电视上播《元禄之乱》电视

剧，以前我不太看古装电视连续剧，但现在我为了看《元禄之乱》有时提前赶回家。

我虽然对拍电视剧是外行，但也看得出《元禄之乱》中演员的演技和摄影技巧都十分高超。摄像师运用伸缩镜头，给观众带来很紧迫的感觉，铃木保奈美可以用"妖艳"二字形容，演技娴熟，转换角色如同变脸。更胜一筹的是获原健一的演技，不知从何时起，获原已成为如此有名的影星了。

我记得他第一次演电影时还那么嫩，而如今把将军演得霸气十足……重新振作起来的宫泽理惠小姐漂亮得令人目眩。

但说着说着我又想批评人了。最近每天早上的《疯丫头》电视剧真没看头。自从结婚以来，我便不再睡懒觉，每天早上不管喜不喜欢的电视连续剧我都必看。因为我也曾经演过电视剧，所以我不仅仅是看，而且可以说是早间电视剧的评论员了。我看最近早间电视剧的主人公都是一些不太成熟，却干劲十足的女孩。看着看着我渐渐喜欢上这些孩子，每当主人公遭受挫折时，我都禁不住在电视机旁为她们加油。

但《疯丫头》连续剧中的主人公，却无法引起我的共鸣。这个女孩总是不断改变人生目标，每次都很任性。开始想当记者，后来又不顾全家人反对，十几岁就结婚，不久又离了婚。如今摇身一变成了职业妇女，专门去调查企业的违法行为。该主人公做事毫无计划，到处发表自己的意见，结果四处碰壁。

自己娘家的住房被某房地产公司收购了，理应对这家公司不抱好感，但她却为了占便宜，竟去这家公司就职。

导演可能也察觉，光靠主人公这一条主线，连续剧无法维持下去，于是，又增加了一条线索，给主人公安排了一个姐姐角色，但

70

这也不能吸引人。

故事情节牵强附会、漏洞百出。安排她姐姐去当评书演员，也显得很生硬，毫无逻辑性。

我一个人边看电视剧，边生气。这情景真像外面议论的那种"姑奶奶现象"。现在社会上将那些专挑电视剧毛病的中年妇女统称为"姑奶奶"。

但"姑奶奶"在社会上的形象并不坏。特别是近来电视上出现一些受欢迎的角色，全是一些令人害怕的"姑奶奶"。

据说一些女高中生以这些"姑奶奶"为榜样，变得勇敢起来。其实女高中生将来并不想当"姑奶奶"，只是觉得好玩而模仿罢了。

明知如此，电视上还不断推出"姑奶奶"角色。最后连公园里的海报上也出现了"姑奶奶"的大照片。现在的流行语是"我也具有姑奶奶的力量"。

"姑奶奶"的含义很深，专指那种具有个性、关心他人动向、爱说三道四的中年妇女。

我一边喝茶，一边看着早间连续剧，嘴里嘟囔着"一个可爱的女孩也没有……"。不过，在给电视剧挑毛病的过程中，也加深了对人生的理解。

春暖花开食欲旺

到处都洋溢着春天的气息。

面包房橱窗里陈列的草莓蛋糕鲜艳夺目，鲜花店的紫罗兰也格外抢手。我的秘书畠山小姐对季节很敏感，她已经在饰品架上摆上了"桃花节"的娃娃。

那些娃娃，有些是我自己买的，有些是别人送的，既有木雕的古装娃娃，也有今年刚收到的玻璃工艺娃娃。但我最喜欢的，还是五年前我在由布院温泉买的一套迷你娃娃。记得花了七万日元，当时觉得挺贵的，但后来越看越喜欢，连娃娃手上的弓呀箭呀的，都那么讲究，特别是娃娃的表情生动极了。

我甚至感觉从窗户中射进的阳光都和上星期不一样，更加明亮了。

今年的冬天特别漫长，令人心情郁闷。不知气象部门是怎么说的，反正我总觉得特别冷，也可能与我的年龄变化有关吧。

晚上睡觉时必须开空调升温才能入睡。但早上起床时，皮肤干燥得掉渣，满脸皱纹。后来在卧室里放上加湿器，睡前在脸上抹上一层厚厚的乳液，可还是不行。后来我发现放在空调下面的橘子都枯萎了。大概人的皮肤和橘子皮差不多吧。

冬天总算过去了，春天一到，就想到外面吃午饭。我是自由职业者，平时在家上班，所以午饭就成了个大问题。一般都是秘书给我买回一个盒饭，或者请餐馆送来一碗面条，味道都不怎么样。

我不挑食，有时将冰箱里的东西拿出来做个蛋炒饭或意大利面条，都能凑合一顿。如果中午秘书和钟点工也在我家一起吃午饭时，一般都吃盒饭。

当然，每星期一或星期二，铁尾先生来取稿子时则另当别论。最近一般稿子都发传真，只是因为铁尾先生那里连载中的插图也由我来画，所以仍派编辑来取。我跟铁尾先生早就认识，用不着客气，每次他来都要请我吃午饭。一般去我家附近的一家日本料理店，比较贵，但味道很好。有时也去青山的意大利餐馆吃点小菜或面食等。我请他时多半在我家附近的一家较便宜的餐馆。总之，随着春天的脚步越来越近，外出吃午饭在林荫道上走一走，就成了一件十分惬意的事，饭后回家路上再喝上一杯咖啡，转眼两个小时就过去了。

有时我不能按时交稿，铁尾先生派临时工来取，当然午饭就免了。

原宿附近有好几家味道不错的餐馆，有拉面馆、中餐馆，还有意大利餐馆。我好几次都想去那里吃午饭，但畠山小姐不喜欢在外面吃饭，不管多难吃的午饭，她都愿意在家里吃，而我又不太习惯一个人在外吃饭。

星期天，我问老公：

"哎，咱们一起出去吃骨头汤拉面吧。"

"我才不去呢。"

我想起来，老公只吃酱油拉面。

"你一个人去吃不行吗？"

"我要能去还找你干什么？我怕别人注意我，不好意思一个人坐在柜台前吃拉面。"

老公好像很吃惊。

"我看你这个人脑子有问题吧，你坐在柜台前，要一大碗拉面，再加两份煎饺，没人会觉得奇怪的。你块头那么大，应该吃得多。你走在街上也没人会注意你的。"

一听这话心中直冒火，但细想一下，老公的话也有道理，不妨先试一家旋转寿司店看看。我大概有十几年未进寿司店了。我记得最后一次去吃寿司时，我面前堆的空盘子比一起去的男士还多，很难为情。

听说最近寿司店全变了。用料更新鲜了，米饭做得更好吃了。我很喜爱的一个电视节目《美食家》最近搞了个寿司专题节目，里面介绍在涩谷中心街的入口处有一家寿司店特别受欢迎。

有一天，我去买东西顺便在涩谷转了一下，马上就找到了这家店。门口排成一条长龙，本来我也想跟着排，但一看全是年轻人，不太好意思了，便只好作罢。

回家后，我又约着秘书去吃午饭，走到一家口碑不错的中餐馆前，才发现这天休息，吃了个闭门羹。

我常想，为什么女人单独外出吃饭如此困难呢？年龄越大越走不出去。看似很简单的问题，却不容易解决。

盲目自信

去年我的照片上了一家精装版妇女杂志的封面，摄影师是著名的篠山纪信先生。摄影时还有服装师化妆师帮忙，我自我感觉很好。

除了封面用的大照片外，还照了四张身穿不同服装的照片放在杂志中使用，还要求我推荐一位友人为这些照片配上文章，也就是赞美之类的话吧。

我考虑再三，决定请建筑家竹山先生来写这篇文章。

他和我年龄一样大，在我的异性朋友中可称得上是第一美男子，他还是京都大学的副教授。

文章发表之前，我一直揣摩竹山先生会写一篇什么样的文章，我想他肯定不会像形容女演员那样，在文章中把我描绘成"美如盛开的牡丹"或"才貌双全"等等，但他到底会如何评价日常生活中的我呢？

文章刊登出来后，好评如潮。到底不愧是名牌大学的老师，文章既幽默，又不失文采。但我对其中的一句话却耿耿于怀：

"林女士干什么事都性急。"

文章介绍我是一个性急的人，无论干什么事都往前赶，说话快吃饭快，写文章也快。总是给自己树立目标，冲着目标疾走。

"吃饭也快"这句话很不中听，至少我不希望此话出自竹山先生之口。但细想一下，我们经常一起吃饭，我吃饭的样子肯定不好看。

　　但我并不仅仅吃饭快，我记得我从很小的时候起看书就很快，写文章也快，不过有一点需要解释一下。

　　有人肯定会说，你笔头快为什么有时不能按时交稿？

　　实际上，我只要一下笔，写起东西来很快，但动笔之前构思则需要较长时间……

　　但对阅读速度我绝对自信。不少人看我阅读时翻页很快，都以为我是跳跃式阅读，其实每个字我都过目了。具体来说，一本杂志我大约一小时能看完，内容较难、专业性强的书稍慢一点，有趣的书则看得更快一些。

　　最近，主要工作就是看书和审稿。因为我担任了好几个文学新秀奖的评委，正好今年轮到我参加评审，这个月就有两场评选会。

　　上个月，装有稿件的大纸箱就寄到我家来了。都是要参加评选的稿件。五部长篇小说中竟有一部厚达3200页，复印后的稿件两只手都拿不动。除此之外，还必须看完四部800页左右的小说，五本100页以内的短篇小说。

　　这些稿件如果过早看完的话，到开评选会时内容就想不起来了。最理想的是，在开会前夕正好看完。这3200页的长篇也不知道到底需要多少时间，我每天一起床，就趴在桌子上看，看一会儿再吃早饭，然后又接着看，一直到午饭。但就是按我这种快速阅读法仍需要不少时间。

　　吃完午饭，端杯咖啡，又趴下来看，说老实话，如果不是看特别有文采的文章，每天长时间看业余作家的小说的确很辛苦。现在作者都使用电脑打字，句子都很长，有时整个自然段都是文字的堆砌。

　　实在累得不行了，我最后只好躺在床上看。平时我最喜欢躺在床上看推理小说。情节紧张的，我一口气就看完。累了就顺势睡个午觉，那可真是享受呀。

可现在审稿是赶任务，心里火烧火燎，越急越看得慢，一会又到了做晚饭的时间了。男作家们干起工作来什么都忘了，但我还得把锅架在火上，然后继续看。

一边看，一边鼓励自己，快了，快了，再加一把油！

写完这3200页的投稿人也真是不容易。我回想起自己大学时代，也给一家文艺杂志写过第一篇小说，花了三个月的时间，才写出18页稿纸。写出这3200页小说的人比我当年强多了，我无论如何也要坚持看下去，必须看完……

由于夜以继日地审稿，睡眠不足，到了评审会那天，我头昏眼花地赶到会场，碰到另一位评委荒俣宏先生。他可是一位博闻强记的高手，同时还是一位收藏珍稀本的名人。

他常说：

"我自己也不明白，自己到底是个读书人，还是寻书人？"

但据他说，包括这3200页的长篇在内，10部作品他仅用三天时间就全部看完了，我深感震惊，自恃干什么都"快"的我，自叹不如。正在我羞愧难当之时，秘书小姐又抱来九部大部头的书搁在我的桌上：

"这是下下个星期评审会要审的书。"

没有办法，看来我只有把吃饭的速度拿出来看书才行啊！

玫 瑰 花

石井苗子的婚外恋，闹得整个日本无人不知，无人不晓。

最初我以为这件事很快会被人们淡忘，没想到事后电视台的综合节目、周刊杂志一直做跟踪报道。

我跟石井女士仅见过一面，对她的婚外恋真相一无所知。我是在假设外界的报道百分之八十是真实的基础上写这篇文章的。石井事件很有意思，我是指女士们对于此事的反应。

大部分人都说：

"石井那么聪明，漂亮，怎么会在背地里干这种事，真可怕。"

但我觉得女人们对石井不仅仅是讨厌。

石井有丈夫，有孩子。但平时却和另一个男人一起生活。除有正式情人外，还和一些不固定的异性时常约会。

许多已婚女性私下赞叹，这种双重生活真刺激啊，这简直就是一般人不敢涉足的天国里的生活。

也有人说："石井是个水性杨花的女人。"

但我却认为，此话背后还隐藏着深深的羡慕。

不管怎么说，众多的家庭妇女对此事抱有极大的兴趣，其程度远远超过阿健和安娜的分手。石井也真可怜，看来对她的关注还要持续很长时间。

最近我的杂事挺多，工作积压了不少。今年春天，我就答应了两家周刊杂志社连载小说，可一直没动笔。

昨天编辑部终于忍不住来电话，说我不能再拖下去了。

我答道："再等一下，我现在还进不了写恋爱文章的状态。最近对恋爱文章，一直提不起兴趣来。我连《周刊现代》杂志都没开封看呢。"

对方好像理解了我的心态。最近一期《周刊现代》搞了个裸体与性事的专集，杂志用塑料袋封口后出售，上面写道："请小心用剪刀开封后阅读。"

但我做事比较粗，每次送来的《周刊现代》我都是用手撕开封口，取出杂志看。

偶尔老公在家看我用手撕开封口很惊讶："真不像个女人！"并且一定要加一句"住手"。

其实我并不是急不可耐要看杂志，只是无意识的习惯动作罢了。但最近我却懒得开封了。

过去我一直喜欢看杂志中的小说连载，但最近尽是些感官刺激小说，不合我的口味，我也懒得看了。我有时也问自己，我这种性格的人，能写出恋爱小说来吗？

我央求编辑部："再给我一段时间，调整情绪。"

但对方始终不松口，最后决定从下月起连载。另一部小说可能还能再拖几天，编辑部约我下星期去吃烤肉时面谈，唉！吃了人家的口软，届时不知能否再拖下去。

与我相比，男作家们个个精神焕发。我经常想，再没有比我们这一行中男女关系更随便的了。政治家呀、企业家呀不能干的事，在我们这个圈子里不会有问题。无论多么有名的作家，也没有杂志、电视台去跟踪曝光，遇到过这种倒霉事的，恐怕仅我一人吧。

所以大家聚在一起时，都大大方方地谈各自的婚外恋。

前不久，在一次聚会上，遇到一位和我年龄差不多的男作家，此人又帅，又有钱，是圈内人气最旺的男士。聊着聊着，他说起他和他的小情人去欧洲旅行的事来。

据说他和这位小情人在欧洲某城市采风旅行，过了一个月。

谈话途中，我不知趣地插嘴问道："你出去这么长时间，跟夫人怎么交代？"他气得瞪了我一眼。接着又说道，有天晚上他和小情人在外又吃又喝，回到饭店后，发现床上多了一样东西，仔细一看，原来是出门前他让小情人换下的紧身内裤。

"好像是服务员整理床铺时，替我们叠好了。真令人想不到啊，把一条内裤折成一朵玫瑰花形放在床上。"

他因此对欧洲文化又有了新的发现。

我听完后也为欧洲文化折服，太浪漫了。据此也能写出一篇小说来了，与我用手去撕开杂志封口的做法相比，真是天壤之别呀。

昨晚，我去听了一场音乐会，在那里碰到建筑家大江先生。竹山先生已称得上是美男子了，而大江先生则更胜一筹。

我婚前曾想过，要谈恋爱的话，最好找一位建筑师，干这一行的人，既有理性，又有艺术家的热情。

听完音乐会后，我们一块去吃夜宵了，AA制。食间，我本想聊聊欧洲玫瑰花的趣事，但不知怎么的，还是说不出口，毕竟我和石井苗子不是同一类型的人。世上有些人特别适合讲"黄段子"，有些人则不然。

美食家的执著

好久没去根岸的那家西餐馆了。

前不久我忍不住又去了一趟,这家餐馆位于平民区内,顺着弯弯曲曲的小路,在一排雅致的民居住宅尽头,就能找到这家餐馆。

门缝露出橙色的灯光,推开厚重的木门,迎面就是擦得锃亮的柜台,店铺不大,有十几张餐桌。

老板娘异常标致。这对夫妇私奔出来经营这家小店非常合适。主打料理是烤肉,但小菜做得也很不错。

首先是用炭火烤出来的螃蟹、鲍鱼,然后有炸蟹肉饼、蘑菇鹅肝馅饼,这家店上菜不讲究顺序,只要好吃什么菜都上一点。很久以前,我曾带一位美食家朋友来过,他当时惊呆了,感叹道:"从来没见过这样上菜的餐馆。"

记得那天我和朋友刚坐下,老板就拿来一只大海胆给我们看:"这海胆不错吧,现在这种海胆已不多见了。"

我伸手蘸了点尝尝,的确很黏很香。

店长将海胆倒入小盆,加上水、面粉,搅成浆,又把刚掏出壳的活鲍鱼切成大块裹上浆油炸。这可是很奢侈的一道菜啊。

不用说,价格也不菲。那次是朋友付的费。

不久前我又约了两位朋友一起去了。

这家店的葡萄酒也很全,我们三个人要了一瓶中档的红葡萄酒。

　　但最后我大大咧咧地又出了个洋相。我想这家店用料不错，味道也很好，但不管怎样，地处平民区，又是个夫妻店，价格应该比较合理，于是我主动说道："今天是我请大家来吃饭，由我付账吧。"

　　我走到收银台，看了一眼账单，比我想象的还要便宜，正好手头的钱够了，我就交现金了。

　　返回座位，我要什么不说，这事也就过去了，偏偏我爱说客气话，还特地大声地对老板说道："您家的菜真便宜啊。"

　　老板娘听见后不一会儿走过来，很难为情地让我再看一遍账单，这时我才醉眼醒来，原来我把最前面的"1"看漏了……

　　事后我和其他朋友聊起此事，大家都很感兴趣，说贵是有点贵，但还是想用AA制去尝一次。

　　我周围有一大批美食家。大家出钱成立了个美食品尝会，每隔一两个月，就聚餐一次。会长轮流当。会长负责寻找聚餐的地方，不一定是很贵的餐馆，但必须好吃，而且要与众不同，让大家又惊又喜的餐馆。

　　其中有位朋友每次见面必问："真理子，最近又发现什么好吃的店没有？"

　　这位朋友有次带我去东京的一家中餐馆，看上去很不起眼，但无论你点什么菜，都可以单独为你制作，朋友还小声告诉我："这家店最拿手的菜是狗肉猫肉，不过卫生防疫站管得挺严的，只要客人肯配合，店长说他可以给我们做。"

　　爱猫如命的我一听这话，吓得要尖叫起来。

　　不过有的朋友对我们这种聚餐也看不惯，说我们整天谈吃谈喝，太俗气了。其实我在吃的方面并不讲究，24小时店的盒饭也吃，快餐也吃。只要是食物，总一扫而光，从不发牢骚。但确实总在考虑，下次有什么好吃的东西，并且从不为之吝啬时间。

以前我在文章中多次提到过，我从十几年前起就是足立区一家烤肉店的常客。最近不少人写文章称赞，所以这家店更有名了。当时我去吃的时候还不需排队，有一个单间叫贵宾室，我在那里一个人可以喝一瓶酒，吃不少烤肉。但这家店离我家较远，往返需要花三个小时，有时也觉得花三个小时去吃烤肉有点不值得，这么长时间在家可以写不少文章啊，但还是不由得奔去了，这只能说明我太贪嘴或是太执著了。

前几年去参加一个朋友的家庭聚餐。当时自民党干事长小渊先生的夫人及女儿也去了。据说家住北区，我顺便告诉她："您家附近有家烤肉店味道好极了。"夫人当即表示想去见识一下。我带她去过一次，后来我再去时发现"贵宾室"墙上挂有小渊惠三的签名，看来小渊夫妇都很喜欢这家店。后来报上还登过"首相的一天"，其中也提到这家烤肉店，我虽然没直接见过小渊首相，但从文章中也能感到他为人亲切，和我一样，是个对美食执著的人。

超级生气

有一个年轻的女孩子遇到苦闷的事，和她男友一起来我这儿谈心。我俩越谈越亲近，我说话的口气也变成忠告似的了。

她男友本来一直在旁边坐着等她，这时也插嘴道："林老师说得太对了，你怎么还转不过弯来。"

一听这话，她委屈得直掉眼泪，不是冲我，而是对着她男友嘟囔了一句："超级生气……"

这种说法在电视上经常出现，但在现实生活中我还是第一次亲耳听到，我着实感到吃惊。"超级生气"这种说法刚开始流行时，听起来叫人有点害怕，威慑力很大，如果是十几岁的女孩觉得很有趣，说说也无妨，但眼前这个女孩已二十好几了，从她嘴里说出"超级生气"来，连我都反省自己刚才说话的口气是否太重了。

我和朋友聊起此事，一位男士说："我老婆也经常使用这种说法呢。"他娶了一个非常年轻的太太。

"夫妻吵嘴时，我老婆要连说好几遍'超级生气'，刚开始我还听不懂这话是什么意思呢。"

有一阵子，流行在形容词、副词前加个"超"字，但没过多久，大家又不说什么"超高兴"这样的话了。保留至今的，恐怕就剩这个"超级生气"了。

前不久，我去一家出版社办完事出来，正准备去叫出租车，一位编辑已帮我叫来一辆，并且编辑还往司机手中塞了一张纸币。

我扫了一眼，是张五千日元的票子。

我顺口对司机说："下车时你把发票和找的钱给我，我下次捎过去。"

到家时，计价器上显示出2800日元，司机找给我7200日元。

"不对吧，我记得他给你的不是一万，而是张五千日元的票子。"

"是吗？是吗？"

司机连声说道："哎，我最近经常犯糊涂，多亏您提醒一声。"

下车后，我心里有点嘀咕。因为那司机说话时，表情很不自然，从他那慌张的神情中，总觉得有点可疑。

后来我见到那位编辑时，装作不经意的样子问了一下那天递给司机的票子，原来还真是一万日元。我什么也没说，把余额退给他后，自己负担了五千日元。事后越想越生气，现在经济不景气，五千日元虽说也不是个小钱，但为了五千日元而欺骗一个大人，是否太不应该了。

当时我是怕多收了五千日元，对不起司机，所以特意确认了一下，但司机却辜负了我一片好心。心里觉着窝囊，不吐不快，突然嘴里冒出"超级生气"这个词来。

前几天还有一件事，我在地铁车站买票，当时那个车站只有三台自动售票机，每台机器前都有人排队。我选择了中间那台机器排队。站了一会，发现我前面的那个女孩一动不动，一直在看地铁图，查票价。我等了一会儿，她还不动。这段时间真不短了，有点不合常规了。我横下心来，就当一回多嘴的姑奶奶吧。不过我还是尽量客气地问道："对不起，能让我先买吗？"这女孩并不回头看我，还是原地不动。我探头往前看了一眼，呆了，原来这女孩已将一枚硬币

塞入投币口，压根就不想让后面的人先买。

为了排除心头的不快，嗓子眼里又冒出"超级生气"这个词来。

以前我一直认为成人说孩子话很不像样，但当自己说出口时，感觉很不错，有一种难以形容的幽默感，当控制不住自己的怒气时，用"生气"、"太过分了"、"气昏了"这些词都太正儿八经了，唯有用"超级生气"这个词才能宣泄自己的怒气。

这几天，竞选东京都知事的候选人都公开亮相了。其中也有我认识的人，所以不想说太难听的话。但总的感觉是，候选人几乎全是二流的文艺界人士。每个人看上去都不顺眼。要从这帮人中选出知事来，还真不容易。大部分选民只有采取排除法吧。

我将候选人分为三个档次："超级生气"，"相当生气"，"稍微生气"。我想把选票投给令我"稍微生气"的候选人，但我想这些人恐怕也靠不住。

其实什么人当选都一样，现任知事也就那么回事，投票当天恐怕就是这些让人生气的候选人之间的恶斗吧。谁当选也不奇怪，谁当选大家都不会满意。

剧场的魅力

这个星期可以称作"剧场周"了，我几乎每天都去看戏。

自星期一去歌舞伎剧场后，连续四天从明治剧场到蚕茧剧院看了不少好戏。

其中一个主要内容是，去名古屋的名铁大厅，观看由我的小说改编成的舞台剧。这是我五年前在报上连载的一部小说，一部以一个大家族为中心展开的幽默小说，连我自己也认为写得很有意思。人物设定很有个性，对话也很风趣。我这个人写起东西来，又急又快，所以接近尾声时，有人批评此书不精致，但总体上看，内容很充实。

在创作过程中，我一直很乐观，读者的反响也不错，但作为单行本发行后销路却不好，结果自然是与任何奖无缘，成了一部可怜的小说。但由于该小说内容充实，高潮迭起，曾两次被改编为电视连续剧，这次又请一流演员排练为舞台剧。结果这部小说的创收比其他畅销书还多，成了一部可持续发展的小说了。

这次我是约井上绘美女士一起去名古屋看戏的。她如今可是人气正旺的偶像型料理研究家、各类妇女杂志的当家花旦。她母亲月丘梦路就是一位漂亮的女演员，她比她母亲还要漂亮。

在名铁大厅上演的这出戏中，她母亲扮演婆婆的角色，所以我特地约井上一起去看。我是三年前开始和井上交往的。当时我受一本面向年轻女孩子的杂志之托连载小说，书中我提出了"恋爱如同餐

后甜点"的新概念。

　　我想告诉女孩子们："没有恋爱的人生，是淡而无味的人生。"于是我将小说命名为"东京甜点物语"。小说的主要情节是从地方上考到东京的一位女大学生，有一位异常美丽的从事料理研究的阿姨，阿姨经常告诫她应该如何恋爱，同时教她做餐后甜点。每次连载读者都能看到馋人的甜点、果冻的照片，还能了解制作方法。虽然那时我还没见过井上小姐，但已拜托杂志社聘请井上为我的料理顾问。

　　美人阿姨教一位十几岁的外甥女谈恋爱，做料理，当时我脑海中就出现了井上形象，非她莫属。

　　连载大受欢迎，将恋爱小说与食谱搭配，我自己也觉得这个点子不错。特别是因此认识了井上小姐，我非常高兴。

　　在去名古屋的途中，我俩无话不说，聊个不停。当得知她及她母亲的年龄时，我大吃一惊。在此不便具体写出，总之她们是一对让人不敢相信的年轻漂亮的母女。

　　这次我是初次与月丘女士见面。她一亮相，整个舞台熠熠生辉。我一贯很佩服戏剧演员，一招一式都很到位，从来没有多余的动作。有时，在电视上很受欢迎的女演员去演戏剧，结果显得极不自然，声音也很刺耳。总不如戏剧、电影演员表演得轻松自然……

　　从小演过戏的秘书畠山却不同意我的观点："林老师，您去蚕茧剧院看看《蒲田进行曲》就明白了，锦君和草剪君演得有多棒！"

　　我这个年龄的人说起戏剧来，都首推风间杜夫、平田满的表演，像锦君这样的小青年，能掌握那么复杂的长台词吗？我半信半疑。

　　到剧场后，果真锦君的台词字正腔圆，极其悦耳，和剧中角色融为一体。

　　草剪君的舞台形象也非常耐看，将《蒲田进行曲》中的施虐、受虐场景演得恰到好处。

剧终时，全场一片哭泣声，不少人用手绢擦揉双眼。刚开始我以为是些年轻的女孩子追星族在哭呢，后来仔细看，并非如此，观众多为成年人。谢幕时，全场起立，大家报以热烈的掌声，十分感人。

锦君也好，草剪君也好，都是见过大世面的人了，但这次非同一般，观众都是鉴赏力很高的人啊，掌声是对他俩演技的肯定啊。我是从小看着锦君成长起来的，我为此高兴不已。

他们如此年轻，有才华，演绎出如此迷人的戏剧，连我都跃跃欲试了。

"唉，这辈子当演员是不可能了，至少想去学学表演啊！"

和我同去的编辑答道："当作家的经常说这话，但成功的人少之又少，反而影响了本职工作，我看还是不去学的好。"

桃花和樱花

每年农历4月3日，是我娘家山梨县的桃花节。

一般在这个时候，老家的桃花就开始绽放，风吹到脸上也柔和了。今年樱花和桃花同时盛开，美不胜收。

在我记忆中，小时候一到桃花节，就要带上母亲做的寿司和米酒，到桃园里或河边去野餐。寿司里包着粉红色的鱼松，可好吃了。至今我一回娘家，住在隔壁的堂姐还专门为我做这种寿司，让我解馋。

这位堂姐擅长烹调，性格开朗，最大的乐事就是请人品尝她制作的菜肴。她经常给我年迈的父母端来她亲手制作的食品。我回娘家期间，她也是在自家做好手擀面、麦饭、凉拌菜花、油炸山菜等送过来让我品尝。

家在甲府的堂姐，比较时髦，送来一些自制的奶酪蛋糕。父母吃不了多少，几乎都是我一个人吃了。

这次在娘家，我仔细观察了父母的一日三餐，几乎每天都是吃用微波炉加热的剩菜剩饭，一次吃不了，又放进冰箱，第二天、第三天再吃。

我实在看不下去了："这些剩面条，全是淀粉，还值得留到下顿再吃吗？"

"这些煮南瓜，你就是扔了，也不会遭老天报应的。"

90

但母亲却有她的道理，首先这些剩东西一点也不难吃，就算不太好吃，也比扔食物后良心受谴责要好受得多。

我打开冰箱一看，什么用保鲜纸包的凉菜呀、豆腐呀，满满一冰箱，看来先不把这些东西消灭光，是没法买新鲜食品回家的。

我只好说："让我来吃吧，不心疼吧。"

我就像一台垃圾处理器，把这些残渣剩饭全装进肚子里了。没几天，脸都撑变形了。

每次回娘家我都要说："一回娘家，人都要丑三分。"丑不丑另当别论，反正我一回娘家，既不化妆，晚上也不养颜，刷刷牙就睡。

这儿的空气干爽，皮肤很快就干燥了，头发也蓬松起来。不用说，穿戴也不讲究了。一到傍晚，气温就降下来，我总是顺手披上母亲的外套去超市，因运动裤的裤脚太厚，鞋都提不上，我干脆趿着拖鞋出门。

我还美其名曰："入乡随俗嘛。"这话家乡人听了一定会生气的。我去超市购物还真没碰到比我还邋遢的人，当地人出门都化妆，每个人都打扮得利利索索的。

再呆下去，还不知会成什么样呢，明天回东京吧。我给秘书挂了个电话。秘书说，建筑家竹山先生正在找我呢。我赶紧给竹山先生的手机去了个电话，他正在通话。不到十分钟他就把电话打过来了，原来现在的手机都有来电显示的功能。

他找我是为了问我，明天为我举办的生日宴会，他想约他的朋友一起参加，不知合不合适。因为我希望和竹山先生单独吃饭，开始有点不愿意，但一听是藤井先生同来，又惊又喜。

藤井先生和竹山先生是读研究生时的同学，现在同属一个一流的建筑家学会。这个小集团的成员，个个都很帅。更叫绝的是，他们

的夫人也都是女子大学的同学。这些建筑家的夫人，大都毕业于女子大学的家政系，经过朋友们的相互介绍，形成了自己的一个特殊的小圈子。

如今社会上，建筑家数次结婚已成家常便饭，像藤井先生、竹山先生这种还是元配夫人的家庭已为数不多了。

特别是这位藤井先生，在众多美男子建筑家中，也显得出类拔萃。其父就是大名鼎鼎的团伊玖磨先生。在这种家庭中熏陶出来的孩子，浑身上下都透着艺术家的风度。听说要和这种人一起吃饭，我顿时精神百倍。

第二天，我一大早就赶回东京。中午睡了个午觉。为了养颜，拼命在脸部按摩，用心地化了妆。最后，挑了件薄薄的白色外套披上。

畠山秘书在一旁直吐舌头：

"林老师刚回来时，脸色那么难看，现在像变了一个人似的……"

生日宴会是在一家法国餐馆举办的。竹山先生要了一瓶上等的葡萄酒，为我干杯。

右边是竹山先生，东方美男子；左边是藤井先生，五官像欧美人一样，轮廓分明，如同雕塑一般。丈夫海外出差不在家，有这样两位极品男士陪我过生日，太幸福了……

早上还在娘家吃残渣剩饭的我，晚上却在这儿享用法国大餐，真像命运在跟我开玩笑。我自己都不明白，哪个是真正的我？但哪个都好像不太舒坦。我终于意识到，娘家的那种生活其实已离我越来越远，而美男子与法国大餐则只能是偶尔为之。

晚宴结束后，信步走到街头，满地都是散落的樱花瓣。在同一天里，我欣赏了家乡的桃花和东京的樱花，这种生活是否太奢侈了。

施虐与受虐

我这次真明白了，电视台太滑头了。

每天一打开电视，头条新闻都是沙知和浅香光代的舌战。今天的节目则是请各种算命先生来为她两人测字，分析她们的性格如何相克。

记者们手拿话筒，兵分几路，只要听说哪里有新电影招待会、开机发表会、大型宴会，马上奔去采访名人："您对沙知和浅香的交战有何感想？"

戴维夫人的回答："那当然是沙知不对了。"令记者们暗暗高兴。

记者们碍于野村教练的面子，自己不明说，但给人的印象是四处寻找说沙知坏话的人。

其实，世上也没有谁认为沙知是个善良的好女人。

一提起沙知，大部分人都说："她可是个惹不起的姑奶奶呀！"但话中或多或少又带有一点羡慕的成分。特别是那些长期受婆婆欺压的女人心里会想："如果能像沙知那样，畅所欲言，那才痛快呢。"

话又说回来，沙知的为人处世确实有些过分了。干什么事都有个度，过了这个度，公众就无法忍受了。

我有个朋友叹息道："我最欣赏野村教练了，难得的好人，他为什么会忍受那么个讨厌的妻子呢？"

　　我觉得说这话的人就不懂得男女关系的奥妙了。越是了不起的男人，越是在心灵深处有一点受虐的要求。这种人在外耀武扬威，被众人捧到天上去了。但实际上需要有个人管制自己。这种受虐的心理很微妙，其分寸不太好掌握。如果被一个完全不认不识的人训一顿，这个男人肯定接受不了。所以前提是，施虐人必须是偏爱自己的女人。

　　如果观察一下夜总会的老板娘们，她们最会搞这一套了。她们对付那些男人有的是办法，开句玩笑，贬一下，捧一下，每句话都恰到好处。这种技巧我一辈子恐怕都学不会。

　　这些男人对自己的老婆一般都是施虐型。当这些大人物的夫人可真不容易。这些男人在外稍有不顺，回家必定发火。而要想镇得住这些男人，多半要靠情人。情人们知道越是任性，撒娇，越是不听话，男人越喜欢自己。

　　只有极个别的男人，愿意接受老婆的施虐。这时老婆往往扮演情人的角色。我都可以想象出这类夫妻的对话场景来。

　　丈夫回家说："最近在公司心情不太好，部下也不太听话，好像对我有意见似的。"

　　一般情况下，妻子往往安慰丈夫："你太多心了，逢年过节部下不都是送来许多精美的礼品吗？这就证明部下尊重你嘛。"

　　对普通的男人来说，这种回答也许令人满意。但对那些自恃高傲的男人来说，在外已经听惯了这种奉承话，一听老婆也说同样的话，更加生气，大吼一声："你少啰嗦，上茶来！"

　　但像沙知这样的女人就不同了。因为本来就是施虐型的，这时会把嘴一歪，说道："说什么呀，像你这种无用的男人，如果还会有人巴结的话，我看那真是太阳从西边出来了。"

如果一听这话就火冒三丈的人，那就是不懂什么叫权力了。真正有权的人，最喜欢听意料之外的话了，只是平时没有机会罢了。对于他们来说，这种女人的话，最能安抚他们的心了，听后一笑，气都消了。

我想，野村教练夫妇一定是施虐、受虐分寸掌握得很好的一对，恐怕野村教练很喜欢沙知这种性格。外人越是责骂沙知，野村越是对沙知感兴趣。局外人哪能弄清楚夫妇之间的事哟。

我这几天在看电视剧《铃兰》，马上就要演到施虐和受虐的剧情了。不知孤儿院的描写是像《简·爱》呢，还是像《奥利弗尔·退斯特》呢？太可怜了。有时看得连早饭都咽不下去了。

日语很难

电视新闻的大标题是："日本青年，排行第四"。

我自言自语道："哎，日本不是已经没有青年旅馆了吗？"虽然我记得当年日本青年旅馆在世界饭店排名榜上很靠前。

但电视上很快就播出了新闻的具体内容。原来是指日本青年足球队，我不禁汗颜。

不是我为自己辩护，最近有些日语单词，不经任何注解，就在社会上流传开来。其速度之快，根本来不及解释，其含义只有靠读者去蒙了。

我一直喜欢看时装杂志。几年前，杂志上出现了个新单词"卡德苏"，至今我都搞不清这个单词的含义。从前年开始，"德德巴古"这个词一下子冒了出来，也没有任何正式解释，大家都用。估摸着大概是那个意思吧，其实还是似懂非懂。

我记得当年将胶片分为"正片"、"负片"时，也有这种感觉。"精神创伤"这个词也一样。

我对周围的人发牢骚道："我觉得自己的日语水平越来越差了。"

他们却嘲笑我："林老师已经跟不上时代了。"

有些关系不错的编辑还告诉我："您寄来的稿子我们都没法看。字潦草不说，该写汉字的地方也不写汉字，特别是片假名尽写错。"

是啊，最近我也发现自己有几个片假名老出错。

前几天，我写了一篇仅有三百字的小短文，就让人指出了好几处片假名的错误。那是关于文学奖的一篇评论文章，由于字体潦草，又是用传真发到编辑部的，所以打印出来后，错字不少。我自己都觉得难堪。作为文学奖的评审委员，怎么能犯这种低级错误呢？

不过，圈内还有比我更差劲的人呢，几乎找不到肯为这些人修改文字的编辑了。真可怜呀！

前不久回了趟娘家，看到附近新开了一家荞麦面条店，招牌上写有"手擀荞麦面"几个字。其中"手擀"两个字特别大，挺吓人的。后来回到东京，打开电视，正好是细木数子女士的谈话节目。据说细木女士和浅香、沙知两人都是朋友，只见细木女士一脸正经地在电视里说："我看浅香和沙知早就该'手擀'了……"①

这种黑色幽默，可真是一语双关啊，可现场的观众既不发笑，也不钦佩，事后也无任何反应。

听说目前有关日语的书很畅销，这可是件大好事。包括我在内，已有不少人开始反省自己的日语水平了。特别是日语中的敬语，最麻烦了，简直相当于口译。必须在瞬间将对方的问话换成另一种表现形式表达出来。

我在家接电话时，对方多数是这样问："林老师在家吗？"（很少人使用敬语。）

有一次，接受记者采访："你是觉得写小说有意思呢，还是写杂文有意思？"（对方没有用您。）

我自己敬语也用得不好。有时想用敬语说"我认识某人"，结果脱口而出的是"您认识某人"。

就是到了我这个年龄，稍一紧张，敬语也出错。和很熟的人说话，有时一随便，竟把对方的敬语原封不动地又返还回去了。

---

① "手擀"这个词是双关语，既有和解的意思，又有相互撕扯的意思。

对方问："您用膳了吗？"

我答曰："是的，用膳了。"

对方问："明天您能光临吗？"

我亦答道："大概可以光临吧。"

问题是如果是故意开玩笑倒也罢了，最糟糕的是自己竟浑然不觉。

这两天我还为写信时的遣词用字伤脑筋。一般我在信末爱写"愉快地等待着重逢的日子"。这句话对朋友来说未尝不可，对地位高于自己的人来讲，恐怕就有些失礼了。因为我知道，"愉快地等待"这句话肯定属于上对下的语言。我面对信纸沉思半晌，最终改成"我祈祷能与您再次相见"。

总之，日语太难了。听说为了解决像我这种人的苦恼，专门成立了个国语审议会。只要审议会把条条框框定好了，我们说起话来就会轻松得多。

我的一个朋友，内馆牧子女士今年担任审议会委员，我想问问她对当今日语的看法，顺手拿起电话，没说几句，我想起另外一件事来。"喂，喂，你那个审议会里是不是有个叫中岛行幸的？"

"对，我见过此人，挺老实的一个人。"

"不可能，她写的都是些什么歌呀，叫人倒胃口。你快说，她到底是个什么样的人？你不说我可要生气了，行，行，小气鬼，不说算了。"

看来我真需要买一本"如何正确使用优雅的日语"的书，回家好好读读了。

不快的预感

连休将至，又想去这里，又想去那里，最后还是决定去山梨县的娘家。

为了孝敬年迈的父母，一回家我就大干起来。平时我最讨厌做卫生了，可在娘家，我又做卫生，又洗餐具，最后连浴缸都擦了一遍。还有弟弟一家来玩时用过的床单呀、毛巾被呀，我全洗出来了。

干完活心里很舒畅。五月的乡下，空气又凉爽又干净。在东京，住处都不宽敞，洗完衣物全靠烘干机烘干，床单这种大件只有送干洗店洗。在东京根本体会不到洗衣服的喜悦，在农村大不一样。

蓝天下，把床单晾在大竹竿上，拉扯得整整齐齐，一顿饭的工夫，床单就干得快裂了，真畅快！

趁洗衣机工作的那一阵，我就把走廊、过道全擦了一遍。

妈妈看我干得那么欢，担心地说："平时不干家务，别累坏身子了。"

啊，要每天都是这五月的晴天，我会变成一个多么勤快的主妇呀……

一回东京，我又恢复到以前那种懒散的生活了。晚饭后心想着要收拾一下碗筷，但眼却盯着电视了。看完电视，又趴在床上看刚到的杂志，边看杂志，边抚摸身边的肥猫。看着看着，就和衣而寝了，几乎每晚如此。但这两天，却有件事搅得我晚上睡不着了，这就是

下个月要搬家了。

像我这种不爱收拾家，又舍不得扔东西的人，最棘手的事莫过于搬家了。我尽量避免搬家，连结婚都没挪窝，在这儿一住就是13年。

这13年可不是普通人家的13年，我家每天都要收到一大堆邮件。其中主要是赠阅的书刊杂志，只要每天不扔掉同样分量的印刷品，很快家中就堆积如山了。

到我家的人经常会说："你这是准备搬家？"这话问得并不唐突，因为家中堆满了纸箱。八年前就开始有人这样问了，我真有点无地自容。

但这件事不能怪我一个人，和我共同生活的老公，变本加厉，其性格更加懒散，更加珍惜用过的旧物。举例来说，我家曾邮购过一个藤制的四层抽屉，里面塞满了老公的旧袜子。大约有5年了，老公动都没有动过这些抽屉。可有一天我想处理掉这些旧袜子时，老公却大发雷霆：

"我不正打算把这些旧袜子配起来穿吗，怎么能丢呢？"

所谓"配起来穿"是这么一回事，我每次从烘干机取出衣物后，总是将丈夫同样颜色的袜子两只一叠放起来。令人不可思议的是，我每次几乎都配错了，老公发现后就扔到抽屉里，越积越多。老公总想，哪天有空，将抽屉中的旧袜子重新配对，但一直抽不出时间来。不光是袜子，我家的西服、鞋也快装不下了，更可怕的是书。本来就是靠写作为生，家中书多也是理所应当的。除自己买的书外，许多书都是别人送的，有些人家可能会把书打捆卖给旧书店，但我总觉得别人送给我的书，再卖给旧书店不合适。再说有些书是畅销书，是我想看的，有些普通人自费出版的书我也觉得很有看头，还有一些个人自传，我也很想看，心想说不定哪天我自己写作时查资料用得上。

我记得在哪里看过这么一句话："世上没有无用的书。"

有一天，从四国的老人之家来了一封信，说那里经费不足，图书很少，希望我赠送一些过去。我赶紧寄去了几大箱，接着对方作为回赠寄来一些鲣鱼肉来。大概我寄去的书太多了，对方也有点头疼，最近来信说："这儿老人的视力不是太好，最好能寄些画册来。"我家中倒有些裸体画册，不知寄去合不合适？

去年我有一位朋友，出资为残疾人修了一栋特别的疗养所。里面配有一个图书馆，但最后因资金问题，书架上空无一书。我听说后，赶紧雇了几个打工的学生到家来帮忙，花了一整天时间，装了二十几个纸箱的书，发到九州那个疗养所了。二十箱书真不少，对方收到后肯定会说，你家房子不大，能盛下这些书吗？

岂止这些，我的书架上、地板上全是书，起码要整理一个月才能搬家。

我回想起二十年前的往事来，当时我住在池袋的一间不到10平方米的小房子里，准备搬家。我一点整理工作也没做，心想到时把东西往纸箱里扔就行了。

我打电话给搬家公司，把价砍得很低，结果只来了一位搬运工，他来时看我刚起床的样子，行李一点也没收拾，气得话都说不上来，半天憋出一句话："我带来一个大帆布袋，不管什么东西，你都扔进去，我来搬。"

不知为什么，我总是预感这次搬家恐怕又要出现上次的状况了。

过去的我

最近我干什么事都马马虎虎，连自己都看不下去了。

昨天比较忙，晚饭本想简单地炸条鱼，炒个青菜就行了。

打开冰箱一看，什么青菜也没有。想去超市买点，又懒得出门。

最后，从冰箱里找出个做凉拌菜用的紫色大头菜，一炒了事。为了多摄取维生素，我又加了个西红柿，结果，炒出来的菜又红又紫，颜色很刺眼。

最后我不放心味道，又撒上一些三年前在泰国买回的汤料。可想而知，这道菜的色、香、味有多么可怕了。

不但做菜马虎，我已好几天没化妆，没换衣服了。在家工作的女人，只要一马虎，就脏得不行。

自己觉得自己还挺年轻的，实际上干什么事都嫌麻烦，这就是一种老态。

我看杂志上专门有一页介绍女人自我测试老态的办法。

每天是否看下列节目：

NHK《早间电视小说》

日本电视台的《妇女歌会》

朝日电视台的《新婚专辑》

东京电视台的《美食之旅》

TBS电视台的《世上全是坏人》

哎，我失口叫出声来，除最后一个节目外，剩下的节目全是我爱看的。特别是东京电视台的《美食之旅》每集必看。还有那个《新婚专辑》，我从二十年前就爱看了，什么老态不老态的，完全是个人的喜好嘛。

再说女人年龄大了也有自己的强项，那就是见多识广。

最近，松方弘树的婚变，闹得满世界沸沸扬扬。我的一位女友就倚老卖老地说道："现在的年轻人，都不知道以前艺人们的风流事，看到松方离婚，还吓了一跳。我真想好好教教这些孩子。"

我也随声附和道："就是嘛，年轻人听说阿健和石田小姐结婚都不敢相信。森进一和大原丽子的事也吓得他们够呛。"

"我们这个年纪的人都知道五木和小柳的事。"

"前川清和藤圭子的关系，年轻人也搞不清楚啊。"

我俩越聊越起劲，最后商量在电视上是否应该开办一个讲座，专门向年轻人讲授此类韵事。

说起电视来，最近我还沾了些火星上身。本来电视天天上演浅香和沙知的大战，不知是否弹尽粮绝了，这几天，突然播放我和陈美龄当年论战的录像带来。还特别指出：

"这一对才是中年妇女舌战的创始人。"

我真不想在此重提当年争论的那些事，论档次，论内容和沙知她们风马牛不相及。再说当时我和陈美龄都是刚三十出头，和中年妇女也不沾边啊。

我真有点气得慌："现在年轻人说什么都信，根本不知道以前的事。"

　　我有时也想把自己过去的事重新编写一下，使之对自己更有利些。例如，可以自称是"哥伦比亚研究生毕业"，只要你不是超级名人，谁也不会去调查核实你的过去。我现在才明白，这样做好处不少呢。

　　有人曾经给我传授经验，"女人十五岁时定终身"。如果少女时代很可爱，被男孩子宠着，那么身上就带有女王的气质了。

　　反过来，如果青春期是个灰姑娘，长大后不论变成什么大美人，性格仍然内向，高贵不起来。

　　摆脱灰姑娘的阴影只有一个办法，就是逢人便说："我从小就很可爱，我天生就是大美人，我一向受男孩子的宠爱。"这时奇迹就会出现，大家都会信以为真，你只要从现在起改写自己的历史，那么你从现在起就可以获得新生了。

　　可惜我天生就是一个没心眼的人，有什么说什么，不管是讲演，还是写文章，总是说："我这个人学习也不好，体育也不行，在整个中学时代，没有一个男孩子追我。"

　　看来我是大错特错了。

　　今后我要换换脑子了，我应该换个说法："中学时代，男孩子都很喜欢我，那时我个头就大，非常引人注目……"

　　如果有记者采访我，我也可以说："当年在乡下，我打扮得也很艳丽，经常有外校的男孩来找我呢……"

　　肯定没有人会指责我撒谎的。娘家附近人的话也传不到东京，因为我知道，世人都像我和我的朋友一样，虽然记忆力好，但却无害人之心。

义 卖 场

上上个星期，我在连载中提到我要搬家的事，没想到引起不少读者的兴趣。

有些读者来信说："有什么不要的东西，请捐到义卖场来。"

我不是小气，但把个人用过的东西，转让给素不相识的人，我多少有点不习惯。

负责义卖的女工作人员又建议："那么我们搞一场仅限于女编辑小圈子内的义卖怎么样？"

还说什么："林老师家呀，满地都是些不要的皮包呀，皮鞋呀，卖给我们吧。"

我知道，她们盯上的是我的那些巴黎的凯丽方形包和芭京大皮包。

我从二十几岁起，就开始购买这种与身份并不相称的高级皮包了。当时这种皮包因价格太贵，并不畅销。八九年前，日元升值时，在海外买比较便宜。现在日本国内，这种凯丽包已卖到四十多万日元了。大号的芭京包已超过六十万日元了。

奇怪的是，尽管日本现在不景气，但芭京皮包却很抢手，必须先预定，再等三四年才能买到。而且买主多是一些普通的女职员，连周刊杂志对这种现象都不太理解，前不久还专门针对此事出了个专辑。

　　不久前，我和杂志社的人一起吃饭，正巧挎着个芭京包，几个男编辑嚷嚷道："林老师，把包给我们见识见识。"

　　"嗳，这就是大名鼎鼎的芭京包呀！好几次文章中提到这种包，今天才第一次见到呢。"

　　他们以前在文章中说了不少坏话，如："买这么贵的包的人，都是些傻瓜。"看来媒体界的男士们，很难理解女人们追求名牌时的心情。我真想让他们读读中村的随笔，好好学习学习。

　　在这方面，女编辑们则心直口快得多："林老师，您家那些旧凯丽包、芭京包，快处理给我们吧。我们也不想白要，采取拍卖的方式，我们出价买下。"

　　还有一家妇女杂志的主编建议："不久我们杂志上要搞义卖，林老师把包拿到杂志上去卖吧。"

　　所谓杂志义卖，就是社会上的一些名人，将家中多余的东西拍成照片，拿到杂志上义卖，读者来买。不用说，这种义卖在媒体上炒作得很厉害。

　　杂志义卖时，一些当红的偶像呀、女明星们也会拿出她们的T恤衫、旧旅游鞋来。这些人的东西特受欢迎。像干我们这行的人，除非拿出很高档的东西来，一般的东西买主瞧都不瞧一眼。

　　很早以前，曾有一位男发型师，将自己高中时代用过的吉他拿到杂志上义卖，结果成为笑料。不管你是技术多么高超的发型师，毕竟是幕后人物。人们私下都说这位发型师不该来凑这个热闹。

　　我为了避嫌，在杂志义卖时总是表现得很大方。曾拿出过两个巴黎的皮包，其中有一个是比凯丽包、芭京包还贵得多的奥德库罗娃名牌包。这种包是短途旅行时用的，特大。我当时标很低的价，至今还有点心痛。（这种场合，像我这样的人，如出高价，则被人瞧不起。）自那以后，我已经有很长一段时间不愿参加杂志义卖了。

但前面提到的这位杂志主编和我关系不错，我在他家杂志上一直发表随笔，文章中我多次提到家中有不少凯丽包，还说什么我为人大方，吃亏不少。

所以这次主编对我不客气了："怎么也得捎上一个凯丽包来吧。"

这话使我有些不快，心里直后悔，不该图一时快活，在文章中大吹大擂。

其实，我现在写文章时，脚边就有一个芭京包。三年前买的，一次也没用过。我从不把"她"收藏到柜子里，总是放在地板上。我有时也想，这么一个高档包，与其整天让"她"躺在我家地上，不如把"她"送到哪家当养女去。别人定会善待"她"，"她"也会感到很幸福……

正在这时，弟媳妇来了个电话，说她最近胖了不少，大概我的衣服她也能穿了，问我有没有不要的衣服给她。因为长胖了，所以找我要衣服。这话让我听来不怎么舒服，但我还是马上寄去了5套衣服。过后弟媳妇又来电话说，每套衣服她穿得都很合适。我吓了一跳。我记得她刚结婚时，是个苗条的大美人，现在已经成了我这种体型吗？我有点为她难过了。

我问她："我寄的这些衣服是不是太花了？"

我记得其中有套衣服是威尔莎奇名牌，红黑格子相间，在纽约买的，晚上出门穿比较合适。

弟媳妇答道："这些衣服我都挺喜欢的，只是孩子说开家长会可别穿这么花的衣服去啊！"

我听后哭笑不得，连孩子也嫌我的衣服花啊。

身边全是好男人

不太喜欢我的人，嫉妒心比较强的人，最好不要看我这篇随笔。

这篇文章中，全是令我洋洋得意的事，也许会引起不少人的不快。

但我还是想写出来，至少这辈子想写一篇这种自我夸耀的文章。

昨天晚上，真是一个难得的夜晚。三枝成彰先生和矢内总经理，为庆祝我当妈妈，给我举办了一个筹备已久的全是男嘉宾的宴会。

请柬上是这样写的：为我们的圣母玛利亚——林真理子女士而聚会吧。

不是我夸张，一个人一辈子恐怕也难得有一次被人捧为圣母吧。我当时就感动得流泪了。真想把请柬用传真机传给乡下的父母亲看看。

不消说，我也在丈夫面前卖弄了一番："你老婆在外面这么受欢迎，你担心得要命吧？"

丈夫不屑一顾地嘲笑道："和你这样的女人交往，任何男人都不会胡思乱想的。"

真是的，人家在兴头上，他却当头泼盆冷水过来。

朋友们还提议："让您丈夫也一块来吧。"

我半开玩笑地说："在这么高档的宴会上，还需要有人从方便店里捎饭团子来吗？"

主办人三枝先生说："我这次邀请来的客人，全是经过严格挑选的，都是林女士身边最优秀的男人。"

听他这话，我的期望值更高了。

当天晚上，在六本木的一家休闲日本料理店，一共来了二十五位男士，果然全是一流。

其中有公认为全日本最好的市长——石川秋田先生，全日本最好的男高音——小林歌唱家，全日本最好的男评论家——冈本先生，全日本最好的有钱男人——服部先生。

还从我喜欢的建筑设计圈里，请来了少壮派代表藤井先生、熊先生和大江先生。

宴会规模之壮观，可想而知了。

在门口接待来宾的是矢内社长的美人秘书，不过今天她不敢打扮得花枝招展，而是穿一条长裤，嘴上戴上假胡须，装扮成卓别林的样子。

她告诉我："今天只允许林老师一个女人存在，我只好女扮男装了。"

没想到主办人考虑得这么细致，晚宴不可能不开心。被这么一群好男人围着，满耳全是赞美我的话，我都有点飘飘然了。做梦都不敢奢望，在我的人生中会出现这么一幕。

在这些好男人中，最引起我注意的，当数某公司老板A氏了。我们有三年没见面了。

我俩第一次见面是在京都。当时阴差阳错，我去参加了一个鸭川舞蹈大会，到了现场才发现，周围全是老头，一打听，原来这个大会是由企业家团体组织的，我深感失望。不禁对带我来的人发牢骚："怎么回事，与会者怎么全是些老爷子？"正在这时，桌边走来一位

男士问道："我可以坐这儿吗？"我抬头一看，顿时被对方的年轻帅气惊呆了。虽然心里还想着别掉价，但嘴唇不听话，龇牙咧嘴地笑开了，甚至整个身体都扭捏作态起来。这在我的女人生涯中还是第一次出现这种情况。

我们马上聊了起来。才知道他刚接替去世的父亲任社长，对这种场合也很不习惯，一拍即合，我和朋友加上A氏三人溜出去玩了。后来我们在东京又见过几次面，在我的一次舞蹈大会上他还给我献过花。

A氏一表人才，公司也有数百名员工。自己是东京大学毕业，又去美国读过研究生。他现在是三个孩子的父亲，夫人既漂亮又温柔。照外人看来，A氏的人生相当完美了。但我记得当时他的眼神中，常流露出一丝忧郁的目光，掠人心魄。

时隔三年再见时，发现他变化颇大，具体也说不上来，反正脸上一丝忧郁的表情也没有了，更加成熟自信了。和女人说笑更加从容了。

我猜想这三年他肯定和不少女人来往，进步才这么快。

宴会结束后，因为我收到的鲜花太多了，A氏特意送我回家。

路上聊起他公司的事，他说因为开发出新技术，最近很忙。

我问道："发财了吗？"

他答："嗯，发大财了。"

我好久没听人说这话了，据他说，三年前我们相识时，他的公司已濒临破产，为此，解雇了不少员工。但由于预测到数字化的到来，开发出多种新产品，（无论他怎么解释，我也听不懂。）效益很好，马上还要和美国一家公司合作搞一个大项目。原来他的变化来源于工作啊，我这次亲眼所见事业上的成功对一个男人的影响之大，更痛感自己对男人的了解还远远不够，男人太复杂，太有意思了。

Chapter 3 _____ 女人自有男人爱

怒向何方

听说不少家庭主妇一大早就心情不好。我最近也犯了这个毛病。

今天早晨起床后，看了近一个小时的综合新闻节目，然后又接着看《铃兰》，心想看完《铃兰》后，心情会好些，趁着好心情再收拾早餐的碗筷，干工作等。结果，等安下心来一看钟，已经是上午九点半了。不过，今天早上有关沙知的节目挺有意思的。

"终于开始反击沙知了。"

今早的头条新闻全和沙知有关。渡边绘美、戴维夫人以受害者的身份出现在电视上。因为前不久，沙知对这两人指名道姓进行了攻击："什么渡边绘美呀，戴维夫人呀，都是些我不认识的人，由于到处说我的坏话而大出风头。"

戴维夫人为此大为恼火："不就是个棒球教练的老婆吗？凭什么如此嚣张？"

我对野村夫人的言论也大为吃惊。在我们这一代人眼中，戴维夫人是比沙知不知高出多少倍的大明星。虽然戴维夫人也多次遭受媒体攻击，谁是谁非，暂且不论，至今尚未有一个女人能如此引导媒体动向的。可以说，沙知和戴维夫人根本就没有可比性。

如今记者们追踪报道的是，坐着出租车到各地讲演的沙知女士。而当年妇女杂志追逐的对象，可是坐着飞机往返于美国与欧洲大陆之间的戴维夫人呀。

通过戴维夫人，我们才知道什么是巴黎、伦敦的社交界，才知道包机做环球旅行的富翁们是何许人也。我记得三十年前，打开各种妇女杂志，都能看到戴维夫人身穿礼服的照片，旁边的注解是："我和阿兰·德龙共同主办的宴会。"当时我还是一个乡下小姑娘，看到这种照片，只有羡叹的份儿。多少年来，对戴维夫人这种羡慕、赞叹的心情一直未变。十年前我就下决心要写戴维夫人的传记了。和戴维夫人曾在雅加达见过面，后来又一起去巴厘岛旅行过，我一直珍藏着这美好的回忆。

传记完成后，我自己不太满意，总觉得没有写出真正的戴维夫人来，所以一直没出版。但对戴维夫人可以说是相当了解的。

这两天为搬家清理东西，忙得不可开交。十三年来家中各种杂物已堆积如山了。昨天翻出一大堆当年收集的戴维夫人的资料，看得津津有味，结果其他活儿一点也没干。还翻出不少旧杂志，上面有如今已经离婚的女演员们当年在杂志上正炫耀自己的新居、别墅呢，真有意思。

其中还有一本名为"圣子二十岁"的照片、随笔集，松田圣子当时的照片真是天真无邪呀。

秘书畠山说："这些照片可别扔了，今后肯定会升值的。"

后来又翻出不少熟人的照片，我和秘书边看边笑，十分开心。

当翻出我自己的旧照片时，不禁叫出声来。现在我也不算瘦，但当年确实太胖了。

我坐出租车时，司机经常主动说："您近来瘦了不少呀！"

一听这话我就来气，真想回一句："你我是初次见面，我过去到底有多胖，你也不知道，不扯这个话题不行吗？"

现在看看当年的照片，那时真是胖得不像样子。我记得自己刚开始写作时，身材还比较正常，后来越来越胖，脸都快撑破了。双层下巴，臃肿得要命。我想这大概是工作压力太大，内分泌失调造成的。

一般女人翻阅老照片都很怀旧，会情不自禁地说："我当年多年轻，多可爱呀！"

我却觉得自己比过去强多了，看到老照片就上火。

当年我的文章也是充满了火药味，回答记者的提问也是恶狠狠的，这样就难免要被人敲打。

还有一本没有开封的旧杂志，打开一看，全是骂我的文章。上个世纪八十年代，我可是新闻界的倒霉鬼呀。现在重读这些文章，我都不敢相信，当年人言是这么冷漠吗？我当时已臭到这个程度了吗？简直和今天的沙知不相上下。

十三年前，我获直木奖时，有人在报纸上指责："让这种人获直木奖，把奖项的格调都降低了。"不知十三年后，当年指责我的人，看到如今的我时，有何感想……

翻开另一本杂志，里面的话更难听了。仔细一看，是本十四年前的杂志。

除了杂志，还冒出一大堆旧信件。其中有一封《周刊文春》编辑部转来的读者来信："林真理子的随笔太没看头了，我看她已是江郎才尽了。"一看邮戳，是1986年的来信，不看便罢，越看越生气，真不知这怒气发往何处为好。气头上，突然想起评论家关先生说过的一句话来："人们在咒骂自己不喜欢的人时，能体会到一种不可替代的快感。"

纸巾趣话

众所周知，我这个人最不擅长收拾家了。对于我这种人来说，搬家就像上刑一样难受，从早到晚，强迫自己干不愿干的事。

在这种情况下，我还是坚持下来了。每天从早10点到晚7点埋头清理行李。东西实在太多了，只好把一些不要的书送到合适的地方，把一些衣物送给亲戚家的女孩子，还参加了两本杂志上的义卖，有些小物品都捐给义卖场了。处理了这么多东西后，家里仍然拥挤不堪。

最后只好买了辆手推车，秘书不知推了多少趟，把一些不要的东西扔到了垃圾场。秘书累得叹息道："外人肯定想象不出来我们每天是这样拼命干。"

是啊，就是这样干，也只不过将我家的脏乱程度，从十八层地狱，提升到十七层罢了。搬家公司的人来商量搬家的日程时，看到我家的状况都吓了一跳，无可奈何地说："赶快收拾吧。"

我家杂乱无章，主要是我不爱扔东西造成的。清东西时，翻出一大堆从街头白得的纸巾，连我自己都觉得很可笑。因为我这个人走在街上，从来不主动要东西，也不知道这一大堆纸巾是什么时候来我家的。

住在东京闹市区的人都知道，不管日本多么不景气，街上照样有人乱发东西。我常从索尼大厦前经过，十有八九会碰到发放东西的人。特别是在银座四丁目附近的街上，总有漂亮的小姐，身披丝带，分发某公司的小礼品。这都成了四丁目的一道风景线了。有时是发送铃兰呀、水仙呀这些时令花球，现在这个季节则派送新米。我每次碰到也不免心动，但从来没有去排队领取。索取东西也需要技巧，我就属于那种不懂技巧的人。

虽然平时也有不少男朋友赠送我礼品，这又是另一码事了。在街上我却不敢尝试索取别人派送的东西。

有时在路上走着，发现前方五十米处，有人在派发礼品："啊，前面在发礼品呢，我也想要啊！"不知为什么，一产生这个念头，马上就紧张起来，腿也发硬了。真不知道在哪一时刻伸手最合适，并尽量装出一副漫不经心的样子来，眼睛却紧紧地盯着派发人的手。想伸手要，又不敢伸手要，好不容易伸出手来，东西往往递给了从我后边走过来的人，我那伸出去的手定格在那里，两三秒钟，要多难受有多难受。

在原宿、青山一带，往往派送香波、防晒霜之类的东西。我经常在那一带走，发现派送人多半将礼品送给年轻人。派送人虽不明说，但旁人也看得出来："大姨、大妈们就不要试用这种香波了，这都是面向年轻人的新玩意儿。"

我的一位女友说，她在街上碰到派发卫生巾的人，看都不看她一眼，心里很难过。

还有的时候，看见有些大姨、大妈大声嚷嚷："又有人发礼品了，快去领呀！"

不就是纸巾之类的东西吗，还值得那么兴奋？我都感到难为情。

前天的事了，从早上我就开始写稿件、捆装搬家的行李，忙得晕头转向了。

　　突然听到秘书提醒我："林老师，准备一下，马上出门吧。"

　　我一愣："今天有什么活动？"

　　"妇女杂志要对您专访呢。还要给您拍五张插图的照片，登在9月期刊上，连化妆师都安排好了。"

　　一听这话，我赶紧打开衣柜找要穿的衣服，结果发现最近处理衣服处理得太急了，简直找不到要穿的衣服了。

　　幸亏还没搬家，住在原宿买东西实在太方便了。我抓起钱包就冲出家门，满街都是商店。我直奔一家专卖店去了。买了一件秋天的外套，一条裤子，一件针织衫。在女人中，我买东西就算快的了，买这些东西也花了二十分钟，再回家已没时间了。

　　我干脆脱下运动裤，换上新买的行头，找店主要了一个纸袋，把钱包往里一搁，权当手提包了。

　　一看手表，离拍照时间还有十五分钟，我拉上服装店的老板娘，去隔壁餐馆匆忙吃了碗拉面。吃完面，又仰着脖子咕咚咕咚喝了一大碗水。从餐馆下楼时，才发现吃得太急，连鼻涕都呛出来了。餐馆门前，正好有个女孩在发送纸巾，我二话没说，伸手就要，一边擦鼻涕，一边用捏着纸巾的手拦下一辆出租车，上车后还一个劲地擦鼻涕，这时才察觉到，从未像今天这样要餐巾纸要得如此自然漂亮的。

搬家后记

从旧金山临时回国的尚美女士来我家串门。她是我的一位忠实读者，七年前通过读者来信相识后，至今我们像亲戚一样走动。

七年间，她结婚生女，当了妈妈，女儿的名字还是让我给起的。三年前，她丈夫调到旧金山工作，她也随夫移居到了旧金山。她经常用传真给我传来一些很有趣的信件。尚美是位非常幽默、睿智的女性。

她女儿今年已三岁了，非常可爱，不知不觉就掌握了英、日两种语言，一看见我家的猫，马上用夹带英语的日语问道："我能摸一下猫吗？"

我蹲下来问她："囡囡，你住在旧金山吗？"

（我给她起的名字很独特，为保护隐私，故用假名囡囡代之。）

"嗯。"

和这个年龄的孩子搭话，有时挺难的，不知说什么好。

我故意找和旧金山有关的话题："囡囡，你知道这支歌吗？"接着我就唱起来："旧金山有条唐人街……"

"我爸爸会唱这支歌。"

对了，还有一支歌也很有名，我又用英语唱起："I left my heart in San Francisco…"

"我在电视上听过这支歌。"

　　后来听尚美说，囡囡回家后还表扬我呢："那个阿姨歌唱得真好，真好玩。"

　　尚美还告诉我："在旧金山也有不少人订阅《周刊文春》杂志呢，大家都很关心你，很想知道你搬家的情况。"

　　是啊，沙知的事闹成了社会问题，我这次搬家也发展成国际问题了。近来不知有多少人问我搬家的事，每次我都得从头到尾讲一遍，真没办法。

　　这次搬家一共花了两天时间。星期天装车，星期一运送、卸车、整理。

　　长期以来，我家一直和快递公司打交道，什么袋鼠快递、黑猫快递、飞毛腿快递都是我家的常客。其中我觉得黑猫快递的服务最好了。所以这次搬家就委托黑猫公司了。我要的是从装箱到新居摆放的"一条龙"服务。

　　我和秘书拼上老命，好不容易把书和资料都整理出来了。我俩自己觉得干得还挺不错。

　　我和老公都属于那种临时抱佛脚的人。在装车的前一天，我们才开始收拾卧室。本以为半天的时间就够了，结果干到晚上11点还没干完。实在干不动了，我只好宣布到此结束："算了，肯定来不及了，反正是要被人笑话的。"我匆忙把内裤之类的东西卷起来，剩下的东西让搬家公司的人来收拾吧。

　　老公觉得让搬家公司来收拾这么个烂摊子，脸都没处搁，第二天一大早就溜了，当了逃兵。

　　当天早上，专业搬运工来到我家，看到屋子里乱七八糟的样子，面面相觑，叫苦不迭。

　　最后，我家的物品装了三大卡车（每车载重是3吨），要知道我家并不是什么豪宅，只不过是个窄小的公寓，邻居们都惊叹道："她家怎么会有这么多东西呢？简直就像变戏法变出来的似的。"眼尖的人惊叫："林老师家怎么还有架钢琴呢？"也难怪，至今为止钢琴上一直堆满了书，谁都以为是书架呢。

搬家那天，我故意不进卧室，"眼不见心不烦"，全部让搬家公司收拾吧。到底是专门干这一行的，他们有条不紊，将所有物品一件一件地装箱，打包，运到新居后，又一件一件摆放得整整齐齐。其中我早就忘了不知何时别人送来的性爱录像带，竟也放在了醒目的地方，真叫人难堪。

不管怎么样，家总算搬完了，今后的课题，是如何保持这干净整齐的居住环境了。

尚美接着又问道："大家还想问你，芭京包在杂志上卖了吗？"

最后还是没舍得出手，处理了两个其他的巴黎皮包。当时我想，扔了这么多东西，搬家时总能轻快些吧。其实不然，因为我要求"一条龙"服务，结果，黑猫公司把我家准备扔掉的垃圾，也装箱搬来不少。我正为此头疼呢。

秘书说："一点点干吧，总能干完的。"

但对我来说，"一点点"意味着永远的意思。这次搬家，还发现了十三年前搬家时没打开的五个大纸箱。十三年啊，日子可不短呀！囡囡都可以变成大姑娘了。这十三年来，我一点进步也没有，自己也觉得自己太没出息，不可救药了。

121

音乐入门

昨天和柴门、祇园茶道家的公子三人一起去听由美的音乐会了。

去年冬天去京都旅行时我们就相约："明年由美的音乐会，咱们一块去吧。"

当时觉得明年的事还早着呢，可转眼工夫半年就过去了。

好几年没见由美了，她还是那么出众。音乐会将代代木体育馆临时改装成游乐园兼剧场，背景是空中秋千、水中芭蕾。音乐会上由美用迷人的歌声，调动着观众的情绪，人人兴奋不已。

凝视由美舞台上的身姿，我不禁也热血沸腾起来。这激动不仅仅是作为观众的直接反应，而是掺杂着许多羡慕的成分在里面。

我身上经常冒出一种自卑感来。其原因之一就是自己从小没受过音乐的熏陶。小时候，虽说也和其他人一样学过钢琴，但我去的钢琴教室是堂姐家开的，对我要求很宽松，再加上我不识谱，所以音乐成绩很差。结果没学多久我就放弃了。

长大后，我对收集唱片、听摇滚也不感兴趣。可能是太喜欢看书了，对音乐一直不太关心。直到成年后，才开始喜欢歌剧，自己也开始尝试唱歌了。

有一次，三枝成彰对我说："真理子，你真可惜啊，你要从小就有人教的话，现在绝对是一流的女高音。"

听他这一说，我懊恼得睡不着觉了。回老家时，冲着母亲发火：

"都怪你，小时候没让我受到音乐教育，全耽误了。本来我应该成为很优秀的歌唱演员呢。"

母亲显得很委屈："那时在咱们山梨县，哪有教声乐的老师啊！"

是啊，我记得小时候，唯一的音乐经历就是参加过合奏团。小学的音乐老师对工作充满了热情，自己编配了不少好乐曲。如可以用口琴和手风琴演奏的《匈牙利舞曲》《茶花女前奏曲》等。

我是口琴部的，现在还能哼出当年的部分乐曲来。当年我们合奏团排练得很起劲，参加NHK和TBS电视台的儿童音乐比赛时，获山梨县第一名。后来又代表山梨县参加了东京的总决赛，取得了不俗的成绩。

当时每年取得合唱团总决赛第一名的都是同一所小学，东京西六乡少年合唱团。大家都夸道："那些孩子唱得真好，和专业合唱团差不多了。"

前不久，NHK播出一部记录片，西六乡合唱团也出来了。片中播出为纪念该合唱团团长去世而举办的音乐会，听说由于这位老师的离去，西六乡合唱团也解散了。当年那些清脆的男童高音部的孩子们，如今都成了叔叔辈的人了。记录片的最后，出现大家一起合唱的镜头时，我不禁热泪盈眶，仿佛自己也成了那些引吭高歌的中年男女了。音乐竟然能够如此引人伤感吗……

正在这时，三枝先生的事务所来了个电话："今年还准备举办慈善音乐会，林老师也来一首歌吧。"

说实话，我真想在管弦乐队的伴奏下唱上一曲。不过九月的那天，我已计划去巴黎了，再说也没有时间排练呀，我只好忍痛推辞了。

我仍关心地打听："还有谁参加这次音乐会呀？"

"某某先生担任指挥呢！"

哦，那位先生啊，他可是个有意思的人啊！我知道每次这些当红的公众人物来参加义演时，都要挑选指挥的。指挥和演奏唱歌不一样，不需要用太多的时间排练。有时我看见很外行的人担任指挥时，乐队的人好像看都不看指挥似的。

我经常想，指挥到底起什么作用？我听过各种解释，但到了现场，仍看不出门道来。

很早以前，我在电视节目中看过一场音乐会排练时的情景。当时指挥说，一开始的动作，要像用天鹅绒的手，轻轻握手一样，直到节目播完，我仍是一头雾水。

在相当长一段时间里，我都觉得指挥这种职业像谜一样不可理解。

直到最近，我看了岩城宏之先生写的《指挥入门》后，才终于有所醒悟。岩城先生既是著名指挥家，又是知名的随笔家，书中妙语连珠，我几乎是一边捂着肚子大笑，一边看完这本书的。岩城先生也说，经常有人问他："为什么不面向观众指挥呢？""指挥到底起什么作用呢？"他自己也是越思考越糊涂。

其实，这不过是他的自嘲罢了。先生在书中介绍，指挥的工作是从分析乐谱开始的。在音乐会之前，必须背诵总谱。在音乐会上，指挥则要按照自己的思路，比乐队稍稍超前，率领乐队前进。

我们外行看上去，指挥好像是在照着谱子打拍子，其实那是大错特错了。真正的指挥，动作要比乐队快0.01秒，其导向的作用，实在是不简单啊！

由美也是这种人啊，从事音乐的人比写文章的人聪慧多了。这也许与我的自卑感有关吧，自卑感为我带来这么多让我尊敬的人，看来自卑感也有好的一面呀。不过我始终在想，如果当年我坚持学下钢琴来，那该多好啊……

品尝葡萄酒

这是今年春天的事了。老公打完高尔夫回家，气哼哼地质问我："你怎么搞的，干这种荒唐事？"

在这前一天，老公要我准备几瓶葡萄酒："反正是晚上在小旅店喝的，用不着太贵的，三千日元左右的，两三瓶就行了。"

听老公这一说，我眼前马上浮现出和老公一起打高尔夫的A氏和B氏的形象来。这两人都是我婚前的牌友，也经常一块喝酒，同时还是我的候补丈夫。这两人都三十多岁了，一直独身，周围的人老和我开玩笑："林老师，你要是三十五岁时还没结婚的话，就从这两个人中随便挑一个算了。"有意思的是，从我结婚那天起，这两个人马上就成了老公的朋友，比我和老公的关系还好。如今这三人经常外出喝酒，打高尔夫球。

我很了解，这两个人喝起酒来都是海量，A氏有段时间调到国外工作，对葡萄酒很有研究。而B氏和我老公，只要是含有酒精的东西，哪怕是做菜用的料酒也不嫌弃。这种人喝高级葡萄酒真有点可惜。

我从家中找了几瓶价格适中的葡萄酒出来。后来又一想，A氏、B氏都是我多年的老朋友了，太便宜的酒也拿不出手，里面加上一瓶七八千日元的葡萄酒好些。当时太急，匆匆忙忙地找出一瓶放进去了。结果，喝时丈夫发现有一瓶的标价是五万日元，心痛得要命。

"不过，"丈夫接着说，"三个人在一起喝得挺开心的，A还笑话

126

你呢，说林真理子还在料理杂志上连载葡萄酒呢，连价钱都搞不清楚。"

A氏说得对，我最近一直在一个有关葡萄酒的节目上充当女主持人的角色，不过有一点需要说清楚，这个节目的宗旨是让专家给外行们普及有关葡萄酒的知识，我在节目中主要是当听众，基本不发言。不少人看我上了这个节目，都误以为我很懂葡萄酒呢。现在喝葡萄酒的人越来越多了，我家不太讲究，别人送的，自己买的葡萄酒都堆在地上。搬家后，全都移到一张长条桌子上了。其实我一直想买一个葡萄酒专用的冰柜，因为我家有一瓶十分珍贵的一九七四年产的法国高级葡萄酒。

说来话长，十五年前，我还是一个写随笔的新手。当时有一位女编辑悄悄告诉我："小林呀，前几天我可看见一件好东西啊！我们出版社送给C先生的中秋节礼品，竟是一瓶法国高级红葡萄酒呢。"

哎，我一听也吓得往后退了一步，我记得出版社给我的礼品是啤酒和一些鱿鱼丝，我当然不敢和文坛权威C先生攀比，但仍然觉得送法国高级红葡萄酒，实在太诱人了。

女编辑又说："你只要能得直木奖，出版社肯定也会给你送这种酒的，我跟社长说去。"

两年后，我果然得到了这瓶酒。这瓶酒在我家一呆就是十三年。我一直把它放在冰箱的蔬菜柜里，照说这样放是不行的。

到目前为止，不知有多少朋友嚷嚷："快打开喝了吧！打开喝了吧！"

我总是说："等结婚时再喝吧。""等得大奖时再喝吧。"一直不松口，直到现在也没打开。

上个月，蔬菜柜里又增加了一瓶宝贝。前不久三枝成彰先生等一

行二十多位男士，为祝贺我当妈妈，专门为我举办了一场宴会，并送我一瓶和我年龄一样大的意大利巴洛罗红葡萄酒。因年代久远，瓶子上的商标都泛黄了，越加显得珍贵。

　　为了让这两瓶宝贝在我家住得舒服点，我打算买一个哪怕小一点的葡萄酒专用冰柜。正好有位朋友为庆贺我乔迁之喜，送来了一个。冰柜看上去非常漂亮，可以收藏四十八瓶葡萄酒。我欣喜之余，又买回一些一千日元左右一瓶的葡萄酒，把专用冰柜全装满了。平时我和老公都喝一千日元至一千五百日元一瓶的葡萄酒。自从放到冰柜后，再喝起来味道完全不一样了。回想起过去在我家那个小房子里，夏天又那么热，多年来，葡萄酒在我家真受屈了。

　　说起来，至今我也喝了不少葡萄酒了，也得到过不少专家的指教，但可能由于我长期写作的原因，口头表达能力退化了。葡萄酒本应配上美好的语言，成为一种高级享受。遗憾的是，我评价葡萄酒时总是三句话："好喝"、"涩口"、"不好喝"。

　　前天，我应邀参加了一场评酒会，品尝了1967年、1973年、1980年、1982年、1985年的法国红葡萄酒。不消说，也品尝了相应的佳肴。与会者都是些大腕，在我前面的是山本博益先生，旁边是料理杂志的主编。我和这些专家一起品尝时，突然有一种幻觉，眼前这一瓶瓶美酒，仿佛变成一个个仙女，美丽无比。这种感觉是从来不曾有过的。

　　自从有了专用冰柜后，我终于找到了品尝葡萄酒的感觉。但我也很担心，因为我这个人干什么事都很执著，一旦陷进去，不能自拔。而喝葡萄酒又花钱，又会使人发胖……所以说，女人对葡萄酒并不需要懂得太多，尤其是像我这种人，说个"好喝"就行了。总之，今年对我而言，对我家葡萄酒而言，都是变化很大的一年。

女人自有男人爱

每当综艺电视节目中出现野村教练和沙知的双人镜头，脑海中总是浮现出诗人寒川猫持先生的那句名言：

"廉价毛衣有人抢，女人自有男人爱。"

这一语道中了男女之间那令人不可思议的情缘。纵观大千世界，被人所爱，有时并非是因为你如何优秀，如何善良。有时被旁观者认为挺不适合的一对，竟然也可成为相爱的夫妻。但我总感觉被世人说三道四、指指点点、加以责难的，多为女方。虽说有时也能听到"怎么和那种男人相爱"的话，但说话人一般都认为，大概是女人没有办法才跟那种男人的吧。或者猜想那男人一定有别人不了解的魅力吧。不管何种情形，总能被人理解。但如果反过来，人们就会变得十分苛刻。

大约十年前，圈子内有一位颇受非议的年轻女性，在此我就不指其名了。直至今日，只要提起此人，大家仍会嘲笑道："啊，她呀——"就是这种女人，正要被人淡忘时，最近又传出了绯闻。男方，我仅见过几次面，但我的朋友们和他很熟。据说是位有才干、体贴人的好男人。他怎么会和那种女人呢……我的女性朋友们都愤愤不平，接连向男方提出忠告，但他却并不领情，没有像人们想象的那样表示"原来她是那种人呀！我知道了，我再不犯傻了"。相反却规劝起来者："她可不是你们认为的那种姑娘呀！"朋友们愈发地急

了，说："赶紧想想办法，让他早点清醒过来。"不过这一切并没有奏效，无济于事。

从这件事可以看出，男人其实比女人更浪漫。他们对女人有自己的好恶，愿意充当保护伞的角色。即使明知自己沉湎于坏女人之中，仍感到愉悦。女人是现实主义者，虽说男女已经同工同酬，但在现实生活中，能否攀上一个有钱的男人，女人的生活质量会大不相同。男人在自己力所能及的范围内，就算有所堕落，也还是能把握住自己命运的。女人一堕落，就不可救药了，除非是受虐狂。一般女人是没有闲暇玩味堕落的快感的。

正因为如此，人们对那些依附于下等男人的女人总是抱有同情心，宽容她们的单纯，原谅她们的失误。

与此相反，如果一个好男人爱上一个怪女人，人们就不那么宽容了，一定要说三道四。

人们之所以要指责沙知女士，倒不是她那些另类的行为，而是因为野村教练仍然爱着她。既有钱又有权的男人，只要他还爱着自己的妻子，那么他的妻子自然受到他的保护。正因为如此，人们才格外气愤。

前不久，和一位编辑谈起各自单位里像沙知女士这样的怪人来，他说："在我那里，某某的性格真像沙知女士。"他举出一位特有名的女作家来。"只要她有不称心的事，半夜也来电话把你叫起来，大声呵叱道：你说说，这是怎么回事？"

我也举了一位朋友的例子。提起这位朋友，我总是满怀敬畏。我因出生在一个小商人家庭，对外人总是过分客气（偶尔也有怠慢的时候），其结果却往往被人瞧不起。连我都对自己的唯唯诺诺感到讨厌。而这位朋友，却是想干什么就干什么，完全不为他人考虑，无时无刻不让我感到诧异。

有一天，我俩一块去乘新干线，在车站的报摊上我买了两本周刊杂志。虽说杂志社不久会将杂志寄到我家，现在买有点浪费，但我还是买了，想趁等车时随手翻翻。这位朋友却站在报摊前大大方方地翻阅起来。

这是我第一次发现有人不交钱白翻阅报摊杂志的。

最初，报摊的老太太以为她是在找杂志的发行日期。时间长了，老太太终于很不客气地说："这位女士，这可是今天刚进的杂志呀！"

朋友听后，不慌不忙地放下杂志走人。

我问她："哎，你怎么站在报摊旁看起来了？为什么不买呢？这怎么好意思呢？"

她答道："里面只有一篇我想看的文章，为这去买一本妇女周刊杂志，我不干。再说，在新干线上被人看见也挺难为情的。"

在我看来，不给钱白翻阅杂志被人训斥更叫人难堪。不过我也一下想明白了，任何人不管做什么事都是有其理由的。想到沙知女士，她也有自己的说法吧。

补充一下，我这位朋友还挺有男人缘的，我周围就有不少男人暗恋她呢。我问他们："如果她是个在报摊上白翻阅的女人，你也要吗？"男人们回答："我可以改掉她这个毛病。"

我多少明白了一些野村教练的想法。

不管怎样的女人终究会有男人爱。

131

我的幸福观

看着自己那满是脂肪的肚子，终于下决心必须要搞点什么运动了。

听说做腹肌运动效果比较好。我记得以前我去体育俱乐部时，女教练压住我的双腿，说："你试一下仰卧起坐，能做几下做几下。"结果我一下也做不起来。

教练又说："那么你不用双手抱头，把手放在身体两侧，慢慢试试。"

按教练说的，费了九牛二虎之力才完成了五个，教练当时就对我失去了信心。

所以这次我不想选择腹肌运动，要能依靠什么工具减肥就好了。我去药店打听，发现了一种大红色的桑拿浴腰带，据说只要把这种腰带缠在肚皮上，就能自动减肥。

说明书上写着，最好先穿上一件薄内衣，再缠腰带比较好。临睡前，我穿上一件全棉睡衣，然后缠上了腰带。

自己低头一看，特像电影《星球大战》中的男主人公，那个人在影片中，就是穿着一件亚洲风格的长衫，然后缠上了一根腰带。

老公在一旁很不以为然："什么星球大战，我看挺像相扑运动员系上围兜的样子……"

老公叹了口气，又说："打扮成这个样子，真难看。"

我气得反驳道："现在的难看，不就是为了明天的好看吗？"

第二天起床后，我一照镜子，自己也吓了一跳，难怪丈夫说我像相扑，简直是一模一样。

如果我是男人，自己的妻子是这种体型，不知会有何感想……

我第一次站在丈夫的立场上，换位思考了一下，心想他对我肯定很失望吧。

我从小长在乡下，呆在家里时，总是穿些马上就要扔掉的旧衣服。而丈夫是在东京长大的，即使呆在家里，也总是打扮得干干净净，T恤衫配全棉运动裤，十分潇洒。

我常对身边的朋友们发牢骚："没有像我家老公那样任性的人了，我能忍到今天，也就是看他长得还不错。有时晚上吵架，气得不行了，早晨起床一看，他系上领带上班的样子，还真挺帅的。自己劝自己，再忍忍吧。如果我老公是个秃头、胖子什么的，我早就和他拜拜了。"

朋友们看我如此直白地阐述自己的爱情观，都很吃惊。我觉得这没什么大惊小怪的，所谓爱情，必须悦目才行。

但我不对的地方就是忽视了老公也有悦目的要求，不管是否美观，就缠上了大红的腰带。我在家时从不注意修饰，每次出门时，丈夫总是唠叨："你在家也打扮成这样多好啊！"

朋友们都说："别看真理子平时邋邋遢遢的，挑对象还挺注意长相的，对男人设定了自己的标准。"

其实我不是对男人有什么标准，而是对幸福设定了标准。

前不久，A氏给我来了电话："好久不见了，我这次去东京，一块儿吃饭吧。"

A氏是京都一大户人家的公子，具体情况我就不说了，反正是京

都茶道的名家。我从没看过比A氏更高贵的美男子了。长相是我欣赏的那种贵族容貌，身材亦修长。

A氏还约了花道名家的B公子一同聚餐。B氏也是近乎完美的男子，但和A氏不是一种类型，浓眉大眼，是那种集理智与高贵于一身，豪爽奔放型的青年。

在这样两位男士的陪同下，一起进餐，其感觉简直妙不可言，太幸福了。

我对外人提起这两人的姓名时，大家都羡慕得不行："真理子，你可真厉害呀，那两个人可称得上是美男子中的横纲①呀。"

我在小说中经常描绘一些美男子的形象，但A氏、B氏实在是太完美了，几乎是可望不可即的人物。

对于我这种人来说，C氏这样的男人更合适些。我经常开玩笑，公布自己最想外遇的前十位男士，第一位常发生变化，但C氏一直稳居第二，从不改变。C氏的长相不如A氏、B氏，但人品很好，且大大咧咧这一点与我很投缘。

今天，C氏突然来我家串门，正好赶上快吃晚饭了，我们约着一块去附近的寿司店。我正准备去换一下衣服，突然听见老公在隔壁房间打电话，我这才想起来，老公今天没上班，去医院体检早回来了。

没有办法，我只好问老公愿不愿意和我们一起去吃寿司，没想到这次老公满口答应了。

三人一起去了寿司店。老公和C氏是初次见面，可两人一见如故，接着就干起杯来。

不管自己多么欣赏的男人，只要一介绍给老公，各种私心杂念马上就烟消云散了。

① 横纲是相扑运动的冠军称号。

我奉劝读者不要学我，不要约男友来家，也不要写我这种随笔。

我缠上红腰带减肥，不就是为了约会吗？

约会时，最好别带老公。

商店街的兴衰

要问我搬到这里住以后，最高兴的事是什么，莫过于这儿的商店街依旧繁荣之事了。

无论是规模，还是品种，原宿的稳田商业街和现在住的地方都无法相比。

我一直住在商店街附近，眼看商店街一天不如一天景气，真觉得可惜。

无论去哪个城市，商店街都是同样的萧条，大部分商店铁将军把门，人们都去二十四小时便利店，或者开车去大型超市购物，市区没有一点生气。我所憧憬的城市是，一下火车，所到之处，人头攒动，各家商店都是熙熙攘攘。

现在可好了，我家附近有个不大的火车站，车站旁有三家书店，还有CD专卖店，电子游戏厅。我还积攒药店的优惠券，还去附近的一家小超市办了会员卡。为了让我家附近这条商店街永远繁荣下去，我以前去百货店购买或邮购的商品，现在都故意去商店街购买。

最令我满意的地方是：随便穿什么衣服去商店街都没关系，谁也不注意谁……

畠山秘书讥笑我道："您以前住原宿时，也说过这话，什么这条街是属于年轻人的，自己认识的人从不到这条街来，随便穿什么衣服上街也没关系……"

我好像是说过这话，行，说过没说过关系不大，倒是前几天我去车站旁的一家商店买毛巾被时，碰到一位大娘，讲话的口音听起来很耳熟，像我老家那边的人。我主动上前搭讪，一问还是本地人。商店街具有这种聊天的氛围，真令人开心。

　　今天我又在门前溜达，看见墙上的海报，号召大家去商店街跳盂兰盆舞，这可是个热闹的机会，我绝不能错过。

　　住在这里有一个好处，就是附近有一家经常上杂志的味道不错的寿司店。

　　店长自豪地说："我家的寿司可是银座的味道，社区的价格。"

　　此话一点也不夸张，的确用料新鲜，价格合理。我搬来后多次光顾这家店，和店长都混得脸熟了。

　　以前住原宿附近时，可没有这种好寿司店，每次为了吃寿司，必须去青山才行，实在不方便。现在出门就能吃上可口的寿司，真有口福啊！

　　我对寿司情有独钟，经常在文章中提到这种食物。我从小住在乡下，四周又不靠海，一直认为世界上没有比寿司更好吃的东西了。二十多年前，我进城后，也是住在一家小火车站附近，当时仅是一个小职员，工资也不多，但我却常去寿司店解馋。越吃越想去，有时甚至连买衣服的钱都省下来去吃寿司。前不久，我有事路过当年那家寿司店，发现已经倒闭了，顿觉伤感。

　　对于我这种贪吃的人来说，最有诱惑力的莫过于银座的S寿司店了。山本益博先生在导游册上对该店赞不绝口，说这家店的寿司可以和艺术品相媲美。在上次葡萄酒品尝会上，我正好和山本先生同桌，我终于忍不住央求山本先生："下次您一定带我去一趟吧，AA制。"当时料理杂志的主编、版画家山本容子也不甘落后，马上入

伙。

我担心地问："银座的寿司店一定很贵吧？"

山本先生答道："中午去吃，不喝酒的话，倒还行。"

那天早上，我故意没吃早饭，换上出门的服装，和容子约好碰头的地方，提前两分钟到达该店。山本先生早就到了。不一会主编来后人就齐了。

山本先生夸道："各位都挺准时的，吃东西就得遵守时间。"

当时我还没反应过来，不过马上就明白这话的意思了。

原来店长按照我们约定的时间下锅蒸米，连洗鱼、泡醋都是论分秒、倒计时的。

竹荚鱼、鲍鱼、沙丁鱼的寿司一个个从舌头上滑入喉中，鱼香味久久留在口中不散。

山本先生文绉绉地说："没有哪家店的寿司，能如此激活味觉神经的。"

而我却只顾往嘴里塞寿司，只知道说："好吃！好吃！"

山本先生看我食欲如此旺盛，把自己盘子里的寿司也夹给我一些，这样的AA制我真难为情啊。

结束了如同梦境中的银座之餐后，回到家中，直到晚上，口中的鱼香未尽。

不过，后遗症造访了。两天后，我再去商店街吃寿司时，觉得味道比上次差远了。我以前在这儿吃得那么津津有味……都怪前天的奢侈，使日常生活中的幸福感减少了一半。

为了让门前这条商店街保持繁荣，我不知道，该干点什么才好？

我的业余爱好

最近老有人问我："林老师，您目前最热衷的是什么事？"

唉，像我这样经常变换业余爱好的人，恐怕不多见吧。我这个人干什么事，都是三分钟热度。刚开始干时，非常投入，废寝忘食，但很难坚持。

五年前我开始学习声乐，这大概能算成是我的业余爱好吧。因为有人给我戴高帽子，说我天生一副好嗓子，我自己也信以为真。为了唱歌剧发音准确，我还专门请了意大利语的家教呢。

但去年没参加慈善音乐会后，我就中断了音乐课。今年因为要去巴黎旅行，又谢绝了本年的演出。

可是三枝成彰先生提醒我："林老师，地球是有时差的哟。"

我们预定去巴黎参加9月9日的凡尔赛宫举办的晚会，而慈善音乐会是9月7日的晚上。本来我以为这两个会肯定不能都参加，三枝先生解释道："你8号中午出发，因时差关系，8号傍晚就到巴黎了，好好睡一觉，9号的晚会完全来得及。"

听他这么一说，我也动心了。今年的这次音乐会，是为艾滋病捐款的最后一次音乐会了，对我这种业余歌手来说，是很难有机会在大型乐团伴奏下演出的。

因此我把去巴黎的时间稍微推迟了一下，决定参加慈善音乐会了。同时还拜托三枝先生为我请家教，结果请来了全日本一号男高

音小林一男先生。

我诚惶诚恐地去小林先生家学艺，一年多没唱了，喉咙都锈死了，高音也唱不上去。于是每天早上把百叶窗放下，关在家里吊嗓子。

听说最近歌剧的卡拉OK音像带很畅销，唱歌确实会令人感到身心愉悦，与民歌、流行歌曲相比，古典音乐的唱法稍有不同。每个音必须到位，唱好了连自己都感到高兴，为了音乐会，我每天抓紧时间练习。

就是去大阪出差时，我也随身带着歌谱，在乘坐新干线的途中，我也一边练习腹式呼吸，一边背诵歌词，旁人看来我似乎有点不正常。

那天晚上，住在京都。男朋友们约我去一家叫"木高台"的餐馆吃饭。这种季节，在鸭川上搭台就餐，何等风雅。

"为了林老师，我们把京都的好男人都约来了！"

和好男人交往，大概是我永恒的爱好吧。

第二天，我突然想起麻生圭子两年前嫁到京都了，于是赶紧从饭店给她挂了个电话。圭子的丈夫比她年龄小，从照片上看是位很帅气的小伙子。听说还是一位年轻的建筑师呢，这消息传开后，我身边的女友们都羡慕得不行。

圭子一接到我的电话，马上就到饭店来了。她身穿一件夏天的真丝和服，配上一条白色腰带，看上去又凉快，又漂亮。据说，圭子移居京都后，对和服很讲究了，还专门去和服老师那里培训了四天，现在穿起和服来已经很熟练了。

圭子问道："您那些和服还常穿吗？"

我一下子接不上话来。

说老实话，我对和服的兴趣也许已经消失了。有一段时间，我又是买，又是穿，还专门去学过穿和服呢。可后来因工作忙，和服再也没上过身了。

　　歌不唱，嗓子就要生锈。和服不穿，可就更惨了，原来的和服无论是花纹，还是颜色都不合年龄了。

　　我对圭子发牢骚道："总想有空闲时，穿穿和服，可忙得总是难得空闲。"

　　"我以前为了买和服，还特意来京都呢！那种痴迷劲儿，这辈子恐怕不会再现了。"

　　我真羡慕圭子能够享受和服之美的幸福，我身上还残留着不少以前业余爱好的痕迹，每每让我悲叹不已。

　　日本舞蹈我也中止了，猫也不好好伺候了。

　　丈夫还总是担心我和女友们的关系。我要是交上一个女朋友，每天晚上都要花很长时间打电话聊天，隔不上三天就见一次面，好像没有这个人就活不下去似的。

　　老公不知劝我多少次了："你交朋友为什么总是这样疯疯癫癫的？"

　　我仍然我行我素，始终和女友们保持着蜜月关系。可到了最后总是因为一点小事合不来，渐渐就疏远了。

　　我目前的兴趣是和一些比我年长的美女来往。我很羡慕这些人，整天缠着这些人。

　　老公又劝我："迟早还是要吵架的，不如现在就君子之交淡如水。"

　　老公也许言之有理，我就不明白，我的热恋时代早已结束，为什么一直和丈夫还能相安无事地过下去呢？

海螺之家

前不久，在电视上看到《海螺之家》动画片的作者长谷川町子了。该电视节目介绍长谷川家姐妹三人全是大美人，我吃惊不小。我以前看过町子的自画像，给我的印象是个滑稽的阿姨。结果看电视才知道，她是一位非常有魅力的漂亮女人。她妹妹洋子更引人注目，杏眼樱桃嘴，属于那种传统美人。

我曾看过《海螺之家知心话》一书，书中说，町子的母亲，在孩子们还很小的时候，就打算把二女儿町子培养成漫画家，把三女儿洋子培养成小说家。町子的母亲曾让洋子自己去拜见从未见过面的文学家菊池宽。据说菊池宽看了洋子的作文后，还邀请洋子去参观文艺春秋杂志社。看完电视后，我才恍然大悟，当年拿着作文本去请教菊池宽先生的洋子小姐，肯定是一位美丽动人的少女。

长谷川家挺奇怪的是，姐妹三人，一人独身，两人是寡妇。

洋子和一位新闻记者结婚后，生有两个女儿，不久丈夫就撒手西去，整个家就成了女性家庭了。

从电视上看，姥姥、大姨、妈妈，呵护着两位少女，其乐融融。

我面对电视，不由得嘟囔了一句："只要有钱，这种生活也不错。没有男人，全是女人的家庭过得也挺开心的。"

丈夫在旁边马上就不高兴了："你说些什么话？家里没有男人还好吗？那种家庭会幸福吗？"

是啊，自己深爱的丈夫早早离世，的确是人生一大不幸，拿这种家庭举例是不太恰当，但我身边确有一些离婚的女人家庭，生活得很快乐。

一位离了婚的女友说："男人真够讨厌的！我这辈子再也不想结第二次婚了。"

这位女友有两个孩子，自己也有工作。她母亲也是离了婚的，才五十岁，年纪也不大，很乐意照顾外孙。女友和母亲有时也拌拌嘴，到底是自己的母亲，从不往心里去，在家畅所欲言，特别随意。

女友还说："结婚时，一下班就得赶紧回家做饭，急急忙忙地打扫房间，每天紧张得要命。现在可好了，简直和神仙一样自由自在。"

有些还是老姑娘的女友，最近也都纷纷结束单身生活，搬回娘家住了。

我告诫朋友："这样下去是不行的，在娘家太享福了，会把自己的终身大事给耽误的。"

刚开始，朋友们还一本正经地说："母亲上年纪了，一个人在家太孤独了，我不放心呀！"但后来，在娘家生活实在太舒服了，就这样一直呆下去了。每天下班回家，洗澡水也烧好了，饭也做好了，母亲对这么大的女儿也用不着干涉私生活了，晚回家，不回家，母亲也不会责备半句。

几年前，女友们还信誓旦旦地说："今年肯定结婚！"但一掉进娘家这个安乐窝后，再也不能自拔了。我认识好几个老姑娘，都是在娘家迎来自己四十岁生日的。

可以说，日本家庭已脱离父权，变成以母女为中心的社会细胞了。家庭好像不太需要丈夫这个角色了。

　　有一次，和一位在外地单身赴任、临时回东京休假的男朋友一起吃饭，他有一位年轻的夫人。

　　"我老婆找我这种人结婚，真赚大了。"

　　他突然冒出一句来。

　　"她嫁给我之后，就搬到我单位宿舍来住，这可是东京最好的地段啊！"

　　听说他夫人独自在东京住了三年。每个月丈夫都给她寄来生活费，以前在娘家还受父母约束，总有些不随意的地方。结婚后谁也管不着她了，一个人过着单身贵族生活。丈夫远隔千里，用不着她伺候，丈夫很少回家休假，她也不去探亲，随心所欲地生活着。

　　我羡慕道："真好呀！这种婚姻谁都想要啊！嫁给你这种男人也能凑合下去呀。"

　　"你这是什么意思？"男朋友狠狠地瞅了我一眼。丈夫也罢，朋友也罢，对这种话都很敏感。

　　写到这里，我突然想起一件事来。一位女友的母亲前不久去世了，这位朋友比我小两岁，一直独身，非常有魅力，多次恋爱，却一直没结婚。她三十五岁左右时，搬回娘家和母亲一起生活了。她有一个哥哥，成家后搬出去住了，家中只有母女俩，生活很和睦。女友在外工作，和男人一样能干，她母亲就像妻子支持丈夫一样，支持她的工作。

　　她在电话中对我哭诉道："母亲走了，我难过得快死了。"

　　有时我想，建立一个新家庭，多少能减轻失去娘家亲人时的悲哀和痛苦。

　　我记得我小时候，只要一想到父母有一天会死，就会忍不住流泪。这种感情上的变化，是那些不结婚和年迈的父母一起生活的人所无法理解的。这种人只有失去亲人的痛苦，同光消费不产出是一个道理。

不过，最近我发现家庭形态越来越多样化了。

幸福家庭的模式也不单一了，我觉得长谷川家，我的朋友家也挺有意思的。整个社会都在发生巨大变化，我的内心世界也在跟着变。

平淡的夏季

今年夏季又热又漫长，对于我这种不喜欢空调的人来说，每天就像在地狱里煎熬一样。一出门，太阳光亮得连眼睛都睁不开，一进屋，又冷得直打喷嚏，真是受罪。

在这种难熬的季节里，有一天体育报的记者给我家来了个电话："听说林老师要去巴黎参加晚会，是真的吗？"

然后又详细询问了我穿什么衣服，和谁一同去等等。秘书畠山不由得反问："怎么回事？我家林老师去巴黎这种事也需要报道吗？"对方倒是挺坦率的，答道："是啊，今年夏天没什么事可炒啊！"

第二天，翻开报纸一看，我这件事还真的见报了。大标题特别醒目："凡尔赛宫的玫瑰花——林真理子"。我自己都觉得不好意思，半天说不出话来。更没想到的是，这篇报道居然还被其他媒体转载，弄得我一碰到熟人必被问："什么时候去巴黎啊？"

这还不算完，有一天推门外出，只见门口站着一位电视台记者、一位摄影师，吓了我一跳，一问，是专门来拍我新居的，已经在门外拍了半天了。

要是值得炫耀的豪宅嘛，还有拍的必要。像我这种人住的普通民宅，也能成新闻吗？朋友们告诉我："哎，有关沙知的追踪报道，已经告一段落了，最近没什么可炒作的材料了。"

我也有这种感觉，今年夏天好像特别平淡。我回了一趟娘家，因为也无计划见什么人，很少外出，所以仅带了四件T恤衫，一条裙子，住了五天。裙子是条化纤的，一洗就干。整个夏天一直穿这条裙子，裙边都开线了。

堂姐的工作是上门推销内衣的，实在看不下去了，送我一条7分长裤。腰上是松紧带的，布料特别凉快。穿上身也很舒服。T恤衫配上这条松紧带的裤子，挺像和歌山往咖喱饭投毒的那个女人。

管他像谁，我这个人也不在乎，倒是看见这条裤子让我想起另外一个女人来，一位特别优雅的女人来。

暂且称她为A女士吧，早就听母亲提起过她来："这个人可是我一生学习的榜样呀，无论是人品，还是其他的方面，都是了不起的人啊！"

母亲在当地参加了一个诗歌俱乐部，在那里认识了A女士，已经有九十二岁高龄，一个人独居。A女士的家可不是一般的家，两千平方米，在整个山梨县也是首届一指的豪宅，家中藏书无数，至今仍有大学教授登门借阅古文书籍。

A女士并不是山梨县出生的人，其父曾是日本红十字会的总裁。本人毕业于战前的女子学习院。姐姐和皇太后是同学，还去天皇家做过客呢。

A女士二十岁时，和帝国大学毕业、在内务部工作的一位男士结婚。战时，因疏散来丈夫老家山梨县后，一直居住到现在。战后，她丈夫辞去公职，在山梨县过着晴耕雨读的田园生活。

听母亲介绍过A女士后，我自然很感兴趣，请母亲一定带我去见见她，最后决定连休时去拜访。从我娘家开车到那里大约需要二十多分钟。

到了A女士家门口一看，真叫人惊叹不已。柏树做的大门厚重、

庄严。据说马上就要批准为国家级保护文物了。院墙长得看不到尽头。方圆多少公里的土地，以前都是属于A家的。

在出租车上，母亲告诉我："A老太前不久为了出席学习院的同窗会，专门定做了一条和服的新腰带。像我这种人，总觉得这把年纪了，来日不多，光考虑怎样搭配旧衣服，凑合着穿。人家A老太，都九十二岁了，还添置新腰带，精神头和我们这种人可完全不一样啊！"

在路上我就想象着有这种阅历的贵族老太太应该是什么形象，结果见面一看，A女士罗锅着腰，和乡下老太太没两样。穿戴也极普通，上身一件长衫，下身一条长裤，和我母亲的打扮一模一样，我顿时高兴起来。

"欢迎！欢迎！我先带你们看看我家院子吧。"

我仔细端详老太太，满头银丝，容颜十分高贵，讲话语速较快，满口都是战前上流社会的人爱用的词汇。两千多平方米的庭院，几乎看不到任何经过人工修剪的痕迹，保持着自然的格调。老太太用手拨开草丛，告诉我们那些是刚种植的葵草。

我忍不住问道："您一个人住在这里，不感到孤单吗？"

"三十五年来，我家一直有个保姆帮忙，直到前不久保姆满八十四岁了，我不得不把她辞退了。"

听了老太太的回答，我差一点笑出声来。在A老太太家呆了半天，留下了难忘的回忆。我本不准备把这件事写出来，但又没有比这更可写的事了，读者可想而知，今年的夏天，是多么平淡。

自食苦果

晚上正要入睡时，突然觉得胸口堵得慌。一种不安的情绪越来越强烈，因为我意识到，我的护照可能过期了。

上次更换护照时的情景还历历在目。为了拍护照用的照片，我去了一趟青山照相馆。

说来话长，上上次更换护照时，我就是在这家照相馆照的相。这家照相馆由父子俩经营，橱窗里陈列着顾客参拜神社及成人节时拍的大照片，是一家典型的城市照相馆。

我这个人，现在成天都是懒懒散散的，过去就更不用说了。我第一次去那家照相馆照相时，头发乱蓬蓬的，连妆也没化，是忙中偷闲抽空跑去的。当时心想，护照用的照片很少有人去看，随便照一张就行了。

老摄影师递给我一把梳子，一面镜子："请把头发整理一下。"

我随口答道："好，好。"其实根本没整理。等照相机摆弄好，准备照时，老摄影师突然冲到我跟前，亲自为我梳理头发。从那以后，我对老摄影师留下了深刻的印象。我想作为专业摄影师，老人对自己的工作是充满自豪感的。而我这种漫不经心的样子，一定很伤老人的自尊心。为此我后悔不已，每当我从照相馆门前经过时，总是低头道歉。

五年后，到了更换护照时，一大早我就去美容店了，又是做发

型，又是修指甲，还穿上了出门做客时的套装。到了那家照相馆一按门铃，见到老摄影师仍和五年前一样精神矍铄，我感到由衷的欣慰……

我记得那张照片拍得很理想，但现在却怎么也想不起更换护照的具体时间来了。

要是马上能确认一下就好了，但护照是由秘书保管的，一时无法确认，我郁郁寡欢地挨过了两天的休息日。

星期一，秘书一来上班，我连"早上好"都顾不上说，开口就问："哎，我的护照是不是到期了？"畠山惊得"啊"了一声："我这不是做梦吧？林老师还会主动打听护照的事？"

我俩怀着侥幸的心理，打开秘书的柜子一看，糟糕，护照果然在两个月前就到期了。

因两个星期后我要去巴黎，不知现在开始办理更换护照是否还来得及？我急得如火烧眉毛，马上冲出家门。本来星期一工作就多，但这时我什么也顾不上了。先去派出所开出居民证明，然后又跑到新宿区政府。因为丈夫是在新宿区出生的，结婚后我的户口也转到这里了。在东京住了这么多年，我还是第一次来新宿区政府办事呢！

只见受理窗口前站着一位金发女孩，大厅里有不少亚洲其他国家的人，感觉到这里好像不是日本似的，很有意思。从这里取出户口本后，我又马不停蹄地赶到东京都厅。暑假虽已结束，但护照科还十分拥挤，排队办完手续后，回家已是傍晚了。一天的工作一点也没干，我气鼓鼓地说："真不走运，怎么会让护照过期呢，要是再早一点发觉，就可让畠山代办了。"

第二天，我外出演讲，结束后，大厅里有不少人等着给我送礼品。一般都送些我喜欢的甜食、鲜花、装饰品之类的东西。其中有

150

一位听众送我一个大包："为祝贺您乔迁之喜送您一个信乐陶器——狸猫，它可以给您带来好运。"

听众的热情让我感动不已，礼品已一大堆了。主办方说："林老师，用特快专递寄到您家里去吧。"

我怕给对方添麻烦，还是决定随身带回去，我双手抱着一大堆纸袋，上了新干线，到了东京车站后，下车一看，马路上全是泥土，汽车排成了长龙，我好不容易穿过汽车，来到我家附近时，看见一个大牌子竖在眼前：禁止通行。维持秩序的交通管理员告诉我："今天修下水道，再不能往前走了。"

我抱着一大堆东西，再绕道走实在是走不动了，只好恳求管理员高抬贵手，放我过去了。

好不容易回到家，真是累坏了。

我对丈夫发牢骚道："这个星期一、二，真不走运，尽碰些麻烦事！"

说着我就进了洗脸间，心想让皮肤好好休息一下吧。最近邮购了一些面膜，据说效果不错。我往脸上、手臂上涂了厚厚的一层，白得吓人。一般这时我都躲到洗脸间看杂志，免得吓着老公。

十五分钟后，我想洗去面膜时，水龙头一滴水也不出，老公不紧不慢地说："早就来通知了，修下水道，今天10点起停水。"

人不走运，喝凉水也塞牙。

其实我心里明白，所有这一切，都是自己粗心大意造成的，自作自受。

东京高速路

我总希望能按时交稿，想听到人们说："别看林真理子平时挺散漫，干起活来还挺守时的。"然后再在家翻阅出版社寄来的新杂志，如果杂志中附有礼品时，再顺便写封感谢信，每天要干的事真不少。可这一个星期忙得甚至连坐下来写字的工夫都没有了。

先是好几拨朋友来玩，一块外出吃饭，后来又去台场排练音乐会。

不住在东京的人可能不知道，台场位于东京湾边交通非常不便的地方，城市博览会因此都另选址了，富士电视台也因交通问题搬离这里了。羽田机场就在台场附近，去机场的路非常通畅，但回来的路却十分拥挤。要是碰上傍晚下班时间，就更不得了了，被人戏称为"活动停车场"。从我家开车去台场只需半小时，回来却要一个半小时，所以我去一趟台场往往要花上半天的时间。

其实回家时我可以乘坐"海鸥号"电车，比"山手线"电车快些，可一提起"海鸥号"电车，就会勾起我一段很不愉快的回忆。

三年前，我和朋友一起去有明体育馆看网球联赛。我们故意散步走到"海鸥号"起点站上车，上车后和朋友找了个靠窗的位子坐下。

从"海鸥号"欣赏窗外的风景非常独特，建筑物全是欧式风格，大海一望无涯。开车后不久，"海鸥号"就因故障停车了，大约修了三十分钟后，才又开始运行。这下可好，下一站上车的人特别多，挤成一团，连座位之间也站满了人，其中还有怀抱婴儿的母亲。我真想起身让座位，但考虑到自己体积太大，光移动到那位母亲身边都要给周围带来很大麻烦。我望着坐在外侧的那位男士，期待着他能站起来让个座，可他却佯装没看见。

站在过道上的一位大叔实在看不下去了，对着我们四个坐着的人大声吼道："你们太不像话了，至少要给这个孩子腾出个位子来！"

孩子的母亲连声说道："没关系，没关系。"到我下车还有二十分钟，如坐针毡一般，四周射来的目光如同一把把寒冷的尖刀刺来，真让人难受。自从那以后，我就再也没坐过"海鸥号"了。不乘"海鸥号"，我回家只好走东京高速了。正好和我一起排练的人中有一位离我家较近，可以开车送我一段路。

从台场上高速，正好要经过彩虹桥上方。如果车不多的话，这段路可以说是东京都内最高的一条兜风路线了。

可是我不走运，这天高速路上车特多，车开得很慢，像爬行一样。在这种情况下，和我们平行同方向的车，就像旅伴一样，要并排同速爬行相当长的距离。左前方的一辆车上印有"某某养鸡场"的字样。

我预感大事不妙，果然不一会我们就并肩前进了。

我长长地叹了口气，要知道在这世上，我最讨厌看鸡了，而左边这辆车上竟装有上百只鸡，为了通风，鸡笼都裸露着，连白鸡的羽毛都看得清清楚楚。我赶紧把脸转向右边，绝不侧向左边。

"哎，林老师，旁边车上好多鸡呀！"

司机特意告诉我。我却一心想赶紧摆脱左边这辆车。

由于堵车厉害，两辆车几乎平行地往前移动，我感到旁边车上的白鸡也热得够呛，白翅膀直忽悠，我真想把这辆车撵走。

我这个人喜欢吃鸡肉，但却讨厌和鸡有关的字眼。

好不容易养鸡场的车转弯了，旁边换成了一辆旅游巴士，里面坐满了小伙子，个个精神饱满，我心情也顿时好转。

不一会，我们的车也下高速了。司机想一直把我送到家门口，我谢绝了，途中我就下车了。我想司机带我这一路也够辛苦的了，路上我又是叹气，又是侧脸，还是赶紧下车吧。

但下车后又出问题了。因为我刚搬到这里，路还不熟，找不着回家的路了。我只好向几位过路的行人打听："某某殡仪馆怎么走？"我家附近有一家殡仪馆特别醒目。

天色渐暮，此时凡是被我这身穿一套白衣服的女人问过路的人，恐怕心情都不会好的吧。

最后总算打听着路回家了。中午十二点出门，回到家已是晚上七点半了，今天的写作任务又泡汤了。

灰姑娘之夜

　　我从未有像去巴黎之前这样忙过，四天时间，赶出了好几篇连载，完成了一篇短篇小说，还看完了11篇参评新人奖的作品。

　　为了早日看到校样，我都比规定的时间提早交稿，我猜想收稿人一定非常高兴，没想到听到的反应竟是："林真理子这个人，只要想干，还是能又快又好地完成任务的，但平时总是……"唉，真是吃力不讨好啊！

　　被人说两句倒没关系，但完成稿件后我却突然想起第二天就是慈善音乐会了，我要站在乐队前，演唱普契尼的《图兰多》的咏叹调呢。这次音乐会，我真没好好准备，自上个月底排练了一次后，就再没有练嗓子了。

　　"这怎么行呢？"我放下手中的笔，长长地叹了一口气。

　　前几次慈善音乐会，我都是每星期找老师教两次，为了保护嗓子，空调也不开，脖子上还围条围巾，随时随地练嗓子，惹得周围的人都讨厌起来。

　　我记得那时除了练歌，其他什么事都不想，甚至连做梦都是乐谱的旋律。不过我这个人就是不争气，可能是练过了头，到了正式演出时，我总是紧张得要命，一上台不是忘了歌词，就是整段唱错了。虽然仅三分钟的咏叹调，几乎没唱好过一次。今年这次音乐会实在太忙了，连去感受紧张的工夫都没有。明天开音乐会，后天去巴黎，

我现在还没整理行装呢。

"没办法，就这样直接登台表演了。"

"今年可是最后一次慈善音乐会了，必须尽力去唱呀！"

心里是这么想，但唱歌并不是件简单的事，只要每天不练习，肯定要出丑。结果在最后一次彩排时，我的高音就唱不上去。音乐会的主持人三枝成彰先生也为我捏一把汗。

今年这次音乐会，岛田雅彦也登台表演。他演唱的是《黎果赖特》中的咏叹调《可恶的恶魔》。坦率地说，岛田先生的歌唱得并不怎么样，也就是在大学开过歌剧讲座的水平。但他懂意大利语，又识谱，而这首歌很长，难度也很大，岛田先生将歌词全背下来了，和乐队配合得也很默契，在舞台上的形象也很不错，大家赞叹不已。我心想我和他一样，也是作家，不应该输给他，在音乐会的上半场时，我跑到曾经指导过我唱歌的小林一男的休息室，请他又临时指点了一下。

小林先生大约教我练了20分钟，果然见效，他鼓励我要有信心唱好，我自己也觉得心里有底了。

一会儿，森英惠先生给我定做的衣服也送来了。

我打开包装袋一看，高兴得叫出声来，实在太美了。为了今天的音乐会和明天的凡尔赛宫晚会，我特地请森先生为我制作了衣服，深红色波纹绸，背缝上打了许多褶皱。

话又扯远了，最近我刚出了一本《美女入门》的随笔集。可能是书名起得不错的原因，被评为畅销书，当时我就下决心，要用这本书的稿费做一件法国高级礼服。

森先生真是了不起，穿上他设计的衣服，让女人感到幸福，我还请来了专业发型师，经他一打理，和刚才蓬头散发的大妈判若两人了。

　　我穿上大红的礼服，款款上台站在乐队前，自我感觉已经成了歌剧中的女主角，如醉如痴地唱起歌来了。虽说高音仍有个别处没唱上去，但一口气唱完，歌词一点没错，这还是第一次。

　　登台前，丈夫担心得要命："以前的音乐会，你都是拼命练，连我都能背下谱子了。今年我一次也没听你唱过歌，你能唱好吗？"我演唱时老公紧张得连头都不敢抬，唱完后他看上去很开心。

　　音乐会后的宴会上，不少人向我表示祝贺："今天唱得真棒。""比前几次音乐会都好！"我明知这些是奉承话，听了心里还是很舒服。

　　我最欣赏的建筑家A氏也到现场来听了，在宴会上还握着我的手说："真不知道你唱歌这么好，真了不起啊！"被人一捧，我就得意忘形了，等我换下晚礼服，取下假发，换上平时的T恤，再来到会场时，只见A氏紧靠着美女指挥川岛小姐身边，我过去和他干杯，他都不理，看样子不打算离开袒胸露臂的川岛小姐了。我就像魔法消失的灰姑娘一样，一个人灰溜溜地回家了。

　　我现在正坐在去巴黎的飞机上，行李箱装有我那深红的晚礼服，明晚，我又要当一回幸福的灰姑娘了。

人生如戏

巴黎之夜太精彩了。

翻看上星期的《周刊文春》中的照片，客人们几乎全都穿着华丽的礼服。但有的国家比较例外，我住宿的那家饭店，还有来自比利时的客人，饭店经理就说这些客人几乎不怎么打扮。

在宴会厅里，加拿大的客人主动和我打招呼："你的礼服真漂亮啊。"加拿大人也显得有些土气，最喜欢身着豪华礼服的仍属当地法国人。身穿无尾晚礼服的男士身边，跟着一位身着百褶礼服的女士，他们款款走来，真让我领教了欧洲文化的底蕴。

放眼望去，全是些可以和电影演员媲美的俊男靓女，客人们用了约一个小时的时间漫步于凡尔赛宫内及花园，花园中还架设了帐篷，逛累了可在帐篷中喝香槟。

服务员都装扮成19世纪家童的模样，花园里还有弹奏古典竖琴的艺人，最让人惊叹的是最后脚穿高木屐出来游行的小丑们。

晚宴是在凡尔赛宫内举办的，在巨大的空间里摆设了长桌和椅子，到场的客人约有600名，按国籍排座，我提前就给宴会主持人打招呼了："千万别让我靠着外国人坐，我英语、法语都不行，一定让我坐在日本人中间。"

仔细观察，在不同国籍衔接处，都是安排会好几种语言的人就坐，驻巴黎的日本文化会馆馆长矶村先生夫妇身边全是法国人。

全场各国语言交织在一起，我光说日语，可静下心来好好品尝美味佳肴。首先吸引我的是餐桌的摆设，桌布上镶嵌着小玻璃球，灯光一照闪闪发光。桌上还有嵌入花瓣的冰块，看上去十分凉爽。

　　一直到天花板的大墙被改成临时银幕，放映了20世纪著名女性的幻灯片。其中也有不少我熟知的女士，如玛丽莲·梦露等。

　　不一会，服务员端着盘子，踏着乐曲，步入宴会场。凉菜是抹了鱼子酱的苹果果冻，接着上了虾仁馄饨，主菜是烤牛犊，牛犊旁还配有香菇蚕豆泥，酒水全都是香槟。

　　在我旁边就坐的是原帝国饭店的老板犬丸一郎先生。据他说，同时给600名客人上冷盘热菜，是很不容易的。身穿礼服的客人将整个宴会场衬托得格外豪华，银幕上还放映出客人们的模拟照片，并播放着歌剧的咏叹调，用梦境来形容巴黎之夜毫不过分。

　　连通晓世界各种豪华集会的犬丸先生也感叹道："这场晚宴真不一般哪！"

　　宴会从9点持续到晚上12点半，散会后从凡尔赛宫走出来时，周围安静得只听得见客人们的脚步声。

　　我不由得想起这里曾经的女主人——玛丽·安特娃涅德来。来巴黎前，我刚看完介绍她的书，越看越觉得她与故去的戴安娜非常相像。两人都是既美丽又高雅，人见人爱，具备女人的善良和同情心。同时头脑又都比较简单，遇事不爱深思，及时行乐，酷爱跳舞。

　　但戴安娜和玛丽最大的不同之处在于，她能在帮助、激励弱势群体的同时，感受到快乐，并觉得行善比那些奢侈的社交有意义。如果换个时代，也许玛丽也会帮助穷人吧。照她的个性来看，她也会热衷于公益事业的。假如当年玛丽扶贫济穷，建造医院的话，说不定还能避免法国大革命的爆发呢。

这次我来巴黎深感震惊的是，在戴安娜车祸发生处，来追悼的人迹不断，鲜花不绝。

戴安娜真是一位可怜的女性。她的一生是戏剧性的，华丽多彩的。

我也希望自己的人生充满戏剧性，但却难以如愿。虽说到了凡尔赛宫，四天后却肯定要打道回府。

在巴黎见了几位朋友，其中川野女士前不久还是角川出版社的编辑，结婚后却定居巴黎。她丈夫是法国外交官，不用说，肯定是精英，在日本任职时学会一口地道的日语，我们在一起就餐时，发现她丈夫非常有知识，有品位，我嫉妒得都说不出话来了。

我十五岁时，就立志要嫁给一个法国男人，定居巴黎，如今的我与理想相去甚远，只剩下羡慕川野女士的份了。

林真理子年谱

1954年　4月1日生于日本山梨县山梨市。

父母经营书铺，家境并不富裕，但自小与书籍结缘，立志长大当作家。

1960年　就读于山梨市加纳岩小学。

1966年　就读于山梨市加纳岩初中。加入校立吹奏乐队。

同年，赴东京参加NHK全国音乐大赛。

1969年　就读于山梨县立高中。加入广播、文学兴趣小组。

同年10月，被山梨广播电台音乐唱片节目选中，以玛丽莲的名字参加每周三播出的广播演出。青春小说的不朽名作《忧郁的葡萄》记录了这段女子高中的青春经历。

1972年　考入日本大学艺术系。加入课外网球队。

在东京租借三叠陋屋，开始都市的大学生活。

同年，首次海外旅行去巴黎。

1975年　开始就职，应聘40余家公司，均未被录取。青春时代的挫折成为第一本散文集《个女无敌·快乐书》（直译《把快乐买回家》）的素材。

1976年　大学毕业，开始打工生活。当过印刷工，还在医院做过人工植发的临时工。

1978年　矢志小说创作，三个月仅写了18页，受挫后转而参加广

告文稿写作班。此时文才受到赏识，正式就职于广告制作公司。被人谑称为"土包子姑娘"。

1979年　欲参加讲谈社主办的访华团，因公司未准假，辞职。

同年，就职于秋山道男事务所。

1981年　从事广告文稿写作。作品《边赶边修边休闲》获TCC东京广告作者俱乐部新人奖，初露头角。

独立成立事务所。

1982年　第一部散文集《个女无敌·快乐书》用生动的当代女性话语，直抒职业女性的心声。出版后畅销全国，媒体争相报道，一举成名。

同年被选为NHK一年一度的除夕全国"红白对歌"文艺晚会评审员。

1983年　发表散文《赏花不如结婚》，在青年中掀起一股结婚热潮。

开始作为畅销散文作家客串电视台节目和广告片。

发表散文集《快乐综合征》、《即使过了梦想年代》等。

开始小说创作，发表处女作《向星星许愿》。

1984年　由《向星星许愿》改编的电视连续剧在东京电视台播出。

第一部短篇小说《星光下的斯特莱》被选为日本通俗文学最高奖直木奖的候选作。

正式开始专业创作。同年还发表《忧郁的葡萄》、《林真理子特集》、《真理子的梦在晚上展现》、《投向街角的吻》等。

1985年　《忧郁的葡萄》和《胡桃之家》先后被选为第92、93届直木奖候选作。

同年发表的作品有小说《只要赶上末班飞机》，散文《南青山物语》、《今晚想起忍不住笑》等。

开始在女性杂志《安安》上发表连载《每次吃饭好悲哀》、《紫色的场所》。迈向通往美女的第一步。

1986年 《只要赶上末班飞机》和《京都行》获第94届直木奖。《南青山物语》被改编成电视剧在富士电视台播出。

同年还发表《恋爱幻论》、《身心》、《真理子的青春日记和书信》、《只要爱》等。

1987年 受《安安》委托赴巴黎采访。开始关注香奈儿、迪奥等世界时尚。

被选为美国国务院"肩负明日日本使命的年轻人"赴美一个月。

出版《战争特派员》、《喝茉莉花时》、《失恋的月历》等。

1988年 出版《真理子的故事》、《你见过这样的巴黎吗》等。

同年获《文艺春秋》读者奖。

首次参加远藤周作任团长的业余剧团公演。

1989年 出席维也纳歌剧院舞会，开展社交。

在松坂庆子主演的音乐歌剧《山茶夫人》中担当角色，扮演大热魔女。

电视剧《林真理子的危险的女人们》在朝日电视台播出。

出版《罗马的假日》、《女性时尚用语词典》、《昭和的回顾和微笑》、《旅行磨破鞋，临睡喝杯酒》等。

1990年 与公司职员东乡顺结婚，在东京神田基督教会举行结婚仪式。

《安安》先后连载《真理子的婚纱日记》、《真理子的为妻日记》。

同年还出版有以母亲为题材的小说《读书的女人》，以及《奢

侈的恋爱》、《美华的故事》等。

发表第一部描述明治皇室风俗和丑闻的历史小说《明治官女》。

1991年　韩国出版韩语本《个女无敌·快乐书》。

《忧郁的葡萄》被改编成电视剧，在富士电视台播出。

出版《悲哀不已》、《真理子专集》等。

开始学习日本传统歌舞剧。

1992年　获和服优雅京都大奖。

散文《和服的享受》获普及民族服装协会文化功劳奖。

同年发表回顾36年人生的长篇小说《一年一回》，以及《下一个国家，下一次恋爱》、《大人的现状》、《原宿日记》等。

1993年　出任日本恐怖小说评委。

"林真理子展"在银座开幕，展出作者的全部著作、插画、手稿以及日常用品。

在话剧《歌剧少女》中担任角色。

在国立剧场演出日本舞蹈《藤娘》。

作品《东京窃国物语》被改编成电视剧，在NHK播出。

出版《奢侈的失恋》、《难道不讨厌》等。

1994年　出任《小说新潮》长篇小说新人奖评委。

历史小说《明治官女》被改编成电视剧，在朝日电视台播出。

在根除艾滋病慈善音乐会上参加歌剧《卡门》的演出。

出版《文学女人》、《天鹅绒物语》、《奢侈的恋人们》、《白莲依依》等。

纪念《周刊文春》散文《今晚想起忍不住笑》连载第500回，与读者百余人重访家乡山梨县。

1995年　出任朝日新人文学奖评委。

小说《白莲依依》获柴田炼三郎奖，被改编成话剧公演。

发表《文女士》，漫画小说《虹的娜塔莎1》、《虹的娜塔莎2》等。

1996年　小说《快活的全家旅游》被改编成电视剧，在富士电视台播出。

在朝日电视台名人专访节目《彻子的客厅》中出场。

描写婚外恋的长篇小说《青果》出版，成为一大畅销书。再版30余次，印数达70余万册。

《忧郁的葡萄》英译本出版。

同年问世的还有《幸福御礼》、《全勤奖》、《雏菊·爱情故事》等。

1997年　《青果》同时被改编成电视剧和电影，成为社会一大话题。

客串NHK电视连续剧《阿谷莉》。

《安安》开始连载系列散文《美女入门》。

《大家的秘密》获吉川英治奖。

出版《个女无敌·好运书》（直译《做个好运的女人》）、《和服的故事》等。

去纽约、香港旅游。

1998年　出任讲谈社散文大奖评委。

当选"当年最出色女性"，获钻石个性奖。

出版《葡萄物语》、《跳舞唱歌大赛》、《分手的船》等。

去蒙古旅游。

1999年　出任三得利推理大奖评委和吉川英治文学新人奖评委。

出席勃勃·克利克公司在法国凡尔赛宫举行的世纪末招待会。

《美女入门》单行本出版，成为畅销书。

长女出生。

2000年　出任直木奖、每日出版文化奖评委。

在纽约日本社交会和巴黎日本文化馆发表演讲。

获最佳和服穿着奖。

在"六本木男生合唱团"的圣诞节晚餐会上担任首席歌手。

客串日本电视台《时髦的关系》。

出版《个女无敌·真爱书》（直译《女人自有男人爱》）、《爱得要死》、《寻花》、《美女入门2》、《错位》等。

开始学习法国菜烹调法。

2001年　出任《妇人公论》文艺奖评委。

被法国食品振兴会授予骑士称号。

小说《一年以后》被改编成电影《东京万寿菊》。

客串电视节目SMAP×SMAP。

出版《美女入门3》等。

赴北京观赏世界三大男高音演唱音乐会。

2002年　角川出版社以"读真理子，入美女门"为主题开设林真理子个人书展和网页。

发行文库本《美女入门》。

长篇小说《圣家庭的午餐》出版，描写家庭事件的恐怖题材给书迷带来冲击。

同年出版的小说还有《花》、《初夜》和散文集《红一点主义》、《世纪末想起忍不住笑》。

发表随笔《二十几岁女性必读的名作》，介绍作为年轻女子修养必读的当代文学作品。

2003年　小说《读书的女人》被改编成电视剧，在NHK黄金时段播出。

和散文家秋元康、漫画家柴门文一起开设以女性为对象的恋爱咨询网页"恋爱迷"。出版《比自己年少的朋友们》、《真理子的餐桌》、《东京偏差值》、《男女旅行到终点》等。

在《周刊文春》上连载《野玫瑰》。

年末出版的描写女性恋爱痛苦的长篇小说《姐们儿》，以爱情与恐怖结合的小说体裁，引起关注和好评。

"姐们儿语言"、"姐们儿短信"大流行。

2004年　《野玫瑰》单行本和短篇小说集《乳色》出版。

和作家松村友视等共著的短篇小说集《东京小说》发行。